TINA CASPARI

BILLE und ZOTTEL

Sensation in der Manege

ILLUSTRIERT VON WERNER HEYMANN

Schneider-Buch

Inhalt

Der Indianer

„Nehmen Sie Whisky?"

„Wie bitte? O nein, keinen Alkohol!"

Bille schaute verwirrt auf den Mann mit dem breitflächigen, dunklen Gesicht. Die blauschwarzen, glatten Haare und die ausgeprägte Hakennase erinnerten an einen Indianer, und seine leicht nach vorn geneigte Haltung ließ an ein zum Sprung bereites Raubtier denken. Aber jetzt lachte der Mann, breit und fröhlich; ein Kranz winziger Falten legte sich um die hellgrauen Augen, und sofort verlor sich der unheimliche Eindruck.

„Ich meine den Braunen da – dort drüben unter dem Baum! Neben dem Schecken und dem Schimmel."

Bille hatte die drei Pferde noch gar nicht bemerkt. Jetzt trat sie zu ihnen heran. Ein Wallach und zwei Stuten waren es, alle drei recht betagt, aber sichtbar gut gepflegt.

„Der Boß hat mir erlaubt, sie mitzubringen. Kriegen bei mir das Gnadenbrot, verstehn Sie. Ich hätte die Stellung sonst nicht annehmen können. Will mich nicht mehr von ihnen trennen. Darf ich vorstellen? Whisky, zweiundzwanzig Jahre alt, Raubtiernummer. Maestro, fünfundzwanzig, Hohe Schule. Und Happy, dreiundzwanzig, Voltigierpferd."

„Sie kommen vom Zirkus?" sagte Bille überrascht. „Davon hat mir Daddy gar nichts erzählt! Er erwähnte allerdings etwas von einer Überraschung. Entschuldigen Sie, Herr John, daß ich mich so begriffsstutzig benommen habe! Herzlich willkommen in Groß-Willmsdorf! Ich freue mich, daß Sie als Pferdepfleger zu uns kommen!"

Bille schüttelte dem Mann herzlich die Hand. Die Lachfältchen in dem dunklen Gesicht vertieften sich.

„Sie können ruhig ‚Johnny' und ‚du' sagen. Das bin ich so gewöhnt."

„Okay, Johnny, aber das gleiche gilt für mich. Schließlich sind wir ja jetzt Stallkameraden, und außerdem bin ich erst sechzehn. Ich bin Bille – Sibylle Abromeit, Schülerin und Assistentin von Herrn Tiedjen und ein bißchen auch seine Adoptivtochter. Mit dem Schulstall habe ich eigentlich nichts zu tun, mein Gebiet sind die Ställe drüben auf der anderen Seite, wo unsere Turnierpferde und die Zuchtstuten stehen. Aber ich besuche die Schule des Reiterinternats im Schloß hier."

„Hat mir der Boß schon alles erzählt", sagte Johnny grinsend. „Auch daß ich bei dir einen Kollegen vom Zirkus vorfinden würde. Wo steckt er denn?"

„Zottel? Der ist noch drüben auf der Koppel, ich werde euch nachher bekannt machen. Bringen wir erst mal deine Schützlinge in ihr neues Quartier, dann werde ich dir alles zeigen. Komm, Whisky."

Bille band den Braunen los, und er beschnupperte sie

neugierig. Gehorsam trottete er neben ihr her, als sie ihn zum Schulstall hinüberführte.

„Ich habe mich schon gewundert, weshalb Achmed die drei leeren Gastboxen hergerichtet hat. Die Überraschung ist Daddy wirklich gelungen!"

„Ich hoffe, es stört euch nicht, daß ich die drei mitbringe", sagte Johnny besorgt und hatte nun wieder den Blick eines Indianers auf dem Kriegspfad. „Ich weiß, sie nehmen euch Platz weg."

„Unsinn!" Bille blieb stehen und schaute den neuen Pferdepfleger verblüfft an. „Wie kommst du auf die Idee?"

„Na ja..., ich hab schon eine Menge Absagen bekommen ihretwegen."

„Willst du meine ehrliche Meinung hören? Ich freue mich darüber, daß sie da sind! Zu einer richtigen Familie gehören doch auch die Alten, die in ihrem Leben genug gearbeitet haben und sich nun auf einen friedlichen Lebensabend freuen. Nun..., in unserer Pferdefamilie in Groß-Willmsdorf haben die Senioren bisher gefehlt. Erst jetzt ist unsere Familie komplett: von jung bis alt ist alles vertreten, das finde ich prima."

„Freut mich, daß du so denkst. Der Boß übrigens auch. Scheint ein prima Kerl zu sein."

„Das ist er."

Bille öffnete das Tor zum Schulstall und führte den Braunen durch die Stallgasse. Johnny folgte mit den beiden anderen. In den Boxen herrschte Mittagsruhe, nur vereinzelt erklang ein neugieriges, dunkles Wiehern zur Begrüßung der Neuen, hier und da schob sich schnuppernd eine Nase zwischen die Gitterstäbe.

„Die drei letzten Boxen dort hinten sind es."

„Schöner Stall, alle Achtung!"

„Ja, Daddy hat nicht gespart, das Beste war ihm gerade gut

genug für unseren neuen Schulstall. Arbeiten schließlich auch hart genug, unsere Schulpferde. Außerdem meint Daddy, zur Ausbildung guter Reiter gehöre auch das Wissen über ideale Stallbedingungen für ihre Pferde. Schau, Whisky gefällt es bei uns!"

Der Braune untersuchte seine neue Box interessiert; begeistert scharrte er in der frischen Einstreu und schnaubte vergnügt. Dann prüfte er die Tränke, drückte den Deckel hinunter und trank in ruhigen, langen Zügen. Bille klopfte ihm zärtlich den Hals.

„Im Zirkus hatten wir's nicht so komfortabel", rief Johnny aus Happys Box herüber. „Wer hätte gedacht, daß wir's im Alter noch mal so gut treffen, was, meine Dicke? Na, du hast es wirklich verdient."

„Du mußt mir viel vom Zirkus erzählen. Woher hat Whisky die breite Narbe auf dem Rücken?" erkundigte sich Bille.

„Er war eine Zeitlang in einer Löwennummer. War'n böses Erlebnis für ihn, hätte schlimm ausgehen können."

„Armer Kerl. Hat der Löwe ihn angefallen?"

„Ach wo, der war uralt, halbblind, taub und rheumatisch. Er ist ungeschickt gesprungen, abgerutscht und hat sich festgekrallt. Trotz der gepolsterten Schabracke hat's eine tiefe Fleischwunde gegeben. Danach wollte unser Dicker partout nicht mehr in die Manege. Der Direktor hat getobt, wollte ihn zum Roßschlächter geben. So bin ich zu meinem ersten eigenen Pferd gekommen", berichtete Johnny grinsend.

„Mit den anderen beiden war es vermutlich ähnlich", sagte Bille lächelnd. „Wollen wir jetzt einen Rundgang machen?"

„Klar doch. Ich will meine Schützlinge ja endlich kennenlernen."

Netter Kerl, dachte Bille. Scheint prima zu uns zu passen. Es wurde auch Zeit, nach dem Reinfall mit dem vorigen Pferdepfleger. Jemand, dem die Rösser wirklich am Herzen liegen, und der die Arbeit im Stall nicht als beliebigen Job ansieht.

„Hast du Achmed schon kennengelernt, den Stallhelfer?"

„Der Boß hat mir von ihm erzählt. Soll nicht schlecht sein, der Junge."

„Er hat eine gute Hand für Pferde. Nur mit seinem Deutsch hapert es noch, er ist Türke."

„Kein Problem für mich, meine Kollegen kamen von überall her. Und was mich betrifft – mein Vater war Holländer und meine Mutter Indianerin. Kam aus Kanada, da hat sie sich in meinen Vater verliebt und ist einfach mit dem Zirkus mitgegangen. Mein Großvater soll sogar Häuptling gewesen sein. Jedenfalls hat er seine Pferde mehr geliebt als alles andere, und dieses Erbe hat voll bei mir durchgeschlagen. Im Zirkus haben sie mich immer nur ‚Indianer' genannt."

Johnny trat an eine der Boxen und studierte die darüber hängende Tafel. Dann schob er die Tür zur Seite und trat zu der hübschen Rappstute.

„Darling", sagte er leise. „He, Darling, wie geht's? Alles klar?"

Bille beobachtete, wie er sorgsam den Bau der Stute begutachtete, Augen, Gebiß und Beine untersuchte und eine gerade verheilte Satteldruckstelle betastete.

„Da tun wir von meiner Salbe drauf", murmelte er. „Old Johnnys Zaubersalbe bringt auch den letzten Rest davon weg. Bist eine Schöne! Eine richtige Dame bist du!"

„Der prächtige Braune hier heißt Janosch", sagte Bille und ging zur nächsten Box. „Und der Rappwallach daneben ist Luzifer. Er ist seinem teuflischen Namen zum Trotz geduldig wie ein Lamm und mit seinen elf Jahren der älteste unter den Schulpferden."

„Eines nach dem anderen", murmelte der Indianer und unterzog Janosch einer ebenso gründlichen Untersuchung wie zuvor Darling.

Und genauso verfuhr er mit allen anderen. Mit Natascha, der hübschen Braunen mit der breiten Blesse, dem mächtigen Schwarzschimmel Bobby und Regula, der Hellfuchsstute, die sie Reggi nannten und die der Liebling aller Internatsschüler war. Danach kamen die beiden Isländer, Lucky und Rumpelstilzchen, dran, und schließlich die Gastpferde, die von Lehrern oder Schülern des Internats mitgebracht worden waren.

Bille schwankte zwischen Ungeduld und Bewunderung, angesichts der minutenlangen Aussprachen, die Johnny der Indianer mit jedem der Pferde führte. Schließlich wandte er sich ihr zu und lächelte entschuldigend.

„So, jetzt kennen wir uns ein bißchen... Wo geht's hier hin?“

„Das ist der Raum für den theoretischen Unterricht, der von Herrn Albert und Herrn Toellmann, dem Reitlehrer, gehalten wird.“

„Verstehe.“

„Dies hier ist die Sattelkammer und dort der Geräteraum. Hier die Futterkammer. Gehn wir erst mal zur Reithalle hinüber?“

„Die habe ich mir schon angeschaut. Vorhin, als ich jemanden suchte, dem ich meine Ankunft melden konnte.“

„Ja, sonntags um die Mittagszeit herrscht hier tiefe Stille. Herr Toellmann und Achmed haben frei, und die Pferde werden von den Schülern versorgt, unter Aufsicht eines Lehrers. Es ist Stehtag für die Schulpferde, nur die Privatpferde werden hin und wieder zu einem Geländeritt rausgeholt. Wenn du die Schulreithalle schon bewundert hast, dann hast du ja auch unseren Außenreitplatz schon gesehen. Er ist erst kürzlich fertig geworden“, erzählte Bille. „Ein Werk der Schüler – vor allem die Hindernisse.“

„Hm", brummte der Indianer, als habe er nur halb zugehört. Sein Blick wanderte an den Stämmen der alten Eichen und Buchen hinauf bis in die buntbelaubten Wipfel. „Schön. Schön sind sie."

„Nicht wahr? Sie schließen den Park und das Schloß wie eine Mauer ein, als wollten sie es beschützen."

„Ich liebe Bäume, die eine lange Lebensgeschichte haben", sagte der Indianer. „Ich höre gern Lebensgeschichten."

„Sag nur, du kannst mit Bäumen reden!" Bille schaute ihn amüsiert von der Seite an.

„Vielleicht..."

„Nun, diese hier könnten dir bestimmt viel erzählen. Komm, wir nehmen die Abkürzung durch den Park zum alten Stall hinüber. Jetzt möchte ich dir nämlich meine Schützlinge vorstellen."

Bille lief dem Indianer voraus und bog in einen schmalen Pfad ein, der nach wenigen Metern in eine breite Allee mündete.

„Dies ist sozusagen ein historischer Ort", erklärte Bille lächelnd. „Hier habe ich nämlich meine erste Reitstunde von Herrn Tiedjen bekommen." Bille wies nach links. „Von hier aus hast du den schönsten Blick auf unser altes Gutshaus. Sieht es nicht prächtig aus, mit den Erkern an beiden Seiten und der großen Terrasse?"

„Ein richtiges Schloß", sagte der Indianer, aber sein Gesichtsausdruck verriet, daß ihn das imponierende Gebäude, das sich da strahlend weiß am Ende des herbstbunten Parks erhob, nur wenig interessierte. Ihn zog es allein zu den Pferden.

„Da drüben siehst du die alte Reithalle", erklärte Bille. „Dort werden unsere Turnierpferde trainiert. Dahinter die Wirtschaftsgebäude, Ställe, Scheunen und Speicher, die zum landwirtschaftlichen Betrieb gehören. Und hier rechts –

unser Pferdestall!"

Billes Stimme bekam unwillkürlich einen feierlichen Klang. Sie öffnete die erste Tür und ließ den Indianer eintreten.

„Darf ich vorstellen: Feodora, unser Star. Du kennst sie sicher aus Fernsehübertragungen großer Turniere. Nach Daddys Unfall wird sie von Simon Henrich geritten, wie du weißt. Simon ist so was wie ein Meisterschüler Hans Tiedjens. Wir ... wir sind sehr befreundet, Simon und ich", fügte sie hinzu und wandte sich schnell ab, weil sie spürte, wie ihr die Röte ins Gesicht stieg. „Dies hier ist Nathan, ebenfalls ein großer Turniersieger. Der gnädige Herr geruht gerade, seinen Mittagsschlaf zu halten."

Die Schritte des Indianers waren kaum zu hören, so leise trat er auf, um die Mittagsruhe im Stall nicht zu stören. Hatte er drüben im Schulstall jedes Pferd einer gründlichen Prüfung unterzogen, so benahm er sich hier wie bei einem Museumsbesuch. Zärtliche Bewunderung lag in seinem Blick, als die schöne Schwarzschimmelstute sich ihm zuwandte und ihn aufmerksam betrachtete. Bille war es, als sprächen die beiden lautlos miteinander. Nathan nickte er zu, als wolle er sagen: bleib liegen, mein Junge, nur keine Umstände, wir können uns ein andermal unterhalten.

„Der freche Fuchs hier ist Troilus, ein Sohn von Troja. Die wirst du auch gleich kennenlernen. Troilus wird von Tom geritten. Tiedjen junior. Mein großer Bruder, wenn du so willst. Der Rappe hier gehört mir. Black Arrow. Wir zwei haben uns schon ein paar Schleifen verdient."

Bille trat in die Box und legte ihrem Liebling stolz die Arme um den Hals. Black Arrow begann sofort ihre Taschen zu untersuchen.

„Das hat er von Zottel gelernt, die beiden sind unzertrennlich."

„Ein prachtvoller Kerl!" lobte der Indianer und betrachtete den blauschwarzen Wallach eingehend. „Viel Kraft und dabei gutmütig und intelligent. Scheint genau das richtige Pferd für dich zu sein."

Bille freute sich über das Lob. Der Indianer schien die Eigenschaften eines Pferdes wie mit unsichtbaren Antennen wahrzunehmen. Es war, als durchschaute er sie bis ins Innerste ihres Wesens, und Bille vermutete, daß er nicht nur mit Bäumen, sondern vor allem auch mit Pferden reden könne. Wie gut, daß ein solcher Mann als Pferdepfleger nach Groß-Willmsdorf gekommen war!

„Dein Kollege hier im alten Pferdestall ist Herr Petersen, und Hubert, unser Stallpfleger, steht ihm zur Seite. Ihr werdet euch später kennenlernen. Jetzt geht's erst mal auf die Koppeln hinaus; unsere Stuten und die Absetzer sind bei dem schönen Wetter natürlich draußen."

„Und wer gehört in diese Box hier?"

Über Billes Gesicht glitt ein Schatten.

„Da stand Lohengrin, unser Veteran. Er brach bei einem Turnier zusammen. Herzschlag?"

„Du hast ihn geritten?"

„Ja. Es hat mich unheimlich mitgenommen. Jedesmal, wenn ich die leere Box sehe... Nun ja, er soll demnächst einen Nachfolger bekommen. Komm, hier geht's lang."

Bille zeigte dem Indianer Stutenstall, Fohlenstall und die Nebenräume. Stolz führte sie die neueingerichtete Klinik vor, ein Raum, in dem alles untergebracht war, was zur medizinischen Betreuung eines Pferdes gehörte. Dann traten sie wieder auf den Hof hinaus und gingen zu den Koppeln hinüber, die hinter dem zum Verwalterhaus gehörenden Obstgarten lagen und sich von dort aus bis an den Waldrand erstreckten.

„Hier auf der ersten Koppel kannst du unsere Mütter

bewundern. Das ist Troja, mein Liebling, ich reite sie regelmäßig. Und die Rappstute da ist Iris. Die Schimmelstute heißt Jacaranda, und daneben stehen Santa Monica und Donau."

Während Bille die Reihe der Fohlen aufzählte, die die Stuten in den letzten Jahren gebracht hatten, wandten sie sich der nächsten Koppel zu, auf der sich die Absetzer übermütig jagten. Sie galoppierten ein Stück um die Wette und standen urplötzlich wie auf einen geheimen Befehl hin still wie die Standbilder, um gleich darauf von neuem loszutoben.

„Der freche Fuchs, da... der kupferrote, das ist Don Quichotte, ein Sohn von Donau", erklärte Bille. „Schau, wie kraftvoll er ausgreift. Der hat bestimmt eine große Karriere vor sich!"

Doch der Indianer schaute an dem hübschen Fohlen vorbei zur Nachbarkoppel hinüber. Sein Gesicht wurde weich, und er lachte leise, als habe er einen längst verschollen geglaubten Freund plötzlich wiederentdeckt.

„Da ist er ja!"

„Ja, das ist Zottel."

Bille ging voraus und öffnete das Koppelgatter. Zottel hatte unter einem Baum gestanden und geschlafen. Jetzt hob er den Kopf und trabte erfreut zu Bille herüber, um zielbewußt als erstes ihre Taschen zu untersuchen. Tatsächlich entdeckte er ein Stück Traubenzucker.

„Ich hab leider nichts für dich, mein Schatz..., oh, den hatte ich ganz vergessen... Aber nein, Dicker, das ist nichts für dich, du wirst zu fett. Nicht doch..., na schön, jeder die Hälfte."

Aber Zottel hatte wohl nicht richtig zugehört, jedenfalls zog er den Traubenzucker, noch ehe Bille ihn durchgebrochen hatte, mit spitzen Lippen aus ihren Fingern und vertilgte ihn genüßlich.

Der Indianer packte Zottel und umarmte ihn stürmisch

Der Indianer grinste verständnisvoll, dann packte er das rotgesprenkelte Pony mit beiden Händen bei der wolligen Mähne und umarmte es heftig.

„Kennst du ihn von früher?“ fragte Bille und unterdrückte ein Gefühl leiser Eifersucht.

„Nein. Aber wir vom Zirkus, das ist wie eine geheime Bruderschaft, verstehst du. Wir gehören alle zu einer Familie.“ Der Indianer hörte nicht auf, Zottel zu kraulen.

Zottel empfand offensichtlich eine spontane Zuneigung zu dem fremden Mann. Er rieb den Kopf an seiner Jacke, dann begann er zärtlich an seinem Ohrläppchen zu knabbern.

„Da kommt Edmund der Weise!“ rief Bille, froh, die geheime Zwiesprache zwischen den beiden unterbrechen zu können. „Edmund ist Assistent unseres Gutsverwalters Lohmeier. Und den Spitznamen *der Weise* hat er wegen seiner Leidenschaft für außergewöhnliche wissenschaftliche Versuche bekommen. Zur Zeit testet er im Gewächshaus, ob man Pflanzen durch Musik zu schnellerem Wachstum anregen kann, und ob ein Nachtschattengewächs wie die Tomate lieber die ‚Mondscheinsonate‘ oder die ‚Kleine Nachtmusik‘ hört.“

„Hallo!“ sagte Edmund der Weise. „Sie sind nicht vielleicht...“

„Doch, er ist es. Darf ich vorstellen: unser neuer Pferdepfleger, Herr John. Aber er mag lieber, wenn man ihn Johnny nennt.“

„Freut mich“, sagte Edmund der Weise und musterte den Neuen von der Höhe seiner fast zwei Meter herab neugierig. „Ich habe Sie nämlich gesucht. Auf dem Bahnhof. Der Chef meinte, Sie kämen mit dem Einuhrzug, und ich sollte Sie abholen.“

„Tut mir leid. Das muß ein Mißverständnis sein. Ich bin mit dem Wagen gekommen. Hab ihn hinter der Schulreithalle abgestellt.“ Der Indianer drückte Edmund die Hand.

„Ist es ein Zirkuswagen?“ fragte Bille hoffnungsvoll. „Ich wollte schon immer mal einen Zirkuswagen von innen sehen!“

„Kann man sagen, ja. Jedenfalls reicht er meinen drei Alten und mir zum Überleben, wenn's hart auf hart kommt.“

„Den muß ich mir gleich anschauen. He, da kommen Bettina und Florian, die Geschwister von Simon Henrich. Sie wohnen in Peershof drüben, auf dem Nachbargut, und gehen auch hier zur Schule.“

Auf dem Feldweg waren zwei Reiter erschienen, die sich

im Trab der Gruppe näherten. Kurz darauf sprangen sie neben ihnen aus dem Sattel, und Bille machte sie miteinander bekannt.

„Dies übrigens ist Sternchen, Bettinas Haflingerstute“, fügte sie hinzu, „und dieses Wunder einer hinreißend schönen Fuchsstute ist Florentine, Florians große Liebe. Wenn du auch nur einen Tag lang vergißt, sie zu loben und zu bewundern, hast du es für alle Zeit mit Florian verdorben! Übrigens gibt es noch einen weiteren Henrich-Bruder, Daniel. Der ist schon zu Hause ausgeflogen und kommt nur in den Ferien heim.“

„Na, ob ich mir das alles merken kann“, stöhnte der Indianer. „Und dann noch die Schüler alle und die Lehrer! Da werde ich wohl ein paar Wochen brauchen.“

„Ach was, ein paar Tage und du wirst dich bei uns wie zu Hause fühlen.“

„He, wie wär’s wenn wir für Johnny eine kleine Willkommensfeier veranstalten“, schlug Bettina vor. „Wir organisieren Tee, Kakao und Kuchen und treffen uns alle im Unterrichtsraum vom Schulstall!“

„Super! Du hast mal wieder das Gebot der Stunde erkannt“, lobte Bille die Freundin. „Du wolltest doch sowieso zu Tom. Wie wär’s, wenn ihr zwei das in die Hand nehmt? Florian will seine herzallerliebste Nico zu einem Ausritt abholen, wenn ich mich nicht irre, und ich muß Black Arrow bewegen, der ist heute noch keinen Schritt gegangen. In zwei Stunden treffen wir uns dann drüben, okay?“

„Einverstanden.“

In der Not frißt der Teufel Kuchen

Ehe der Indianer recht wußte, wie ihm geschah, stand er mit Zottel allein auf der Koppel. Bettina, Florian und Bille stürmten davon, um einerseits die Begrüßungsparty vorzubereiten, andrerseits die Zeit bis dahin zum Reiten zu nutzen. Edmund erkundigte sich höflich, ob er im Augenblick noch irgend etwas für ihn tun könne, und als der Indianer verneinte, stakste er erleichtert davon, um sich im Gewächshaus seinen Studien zu widmen.

„Na, komm, Kollege, begleite mich, dann können wir uns ein bißchen unterhalten", brummte der Indianer.

Zottel folgte ihm wie ein Hund.

„Gehen wir erst mal auspacken. Tolles Quartier, hast du gesehen? Eine richtige kleine Wohnung, und alles neu gemacht – so was habe ich mir schon immer mal gewünscht."

Zottel rieb wieder und wieder die Nase an der Jacke des seltsamen Mannes. Irgend etwas an ihm roch vertraut und weckte alte Erinnerungen. Zottel fühlte sich magisch zu ihm hingezogen.

Der Indianer durchquerte den Park, ging am Schulreitplatz vorbei und auf die Rückseite der Reithalle. Zottel trottete neben ihm her, als wäre es das Selbstverständlichste von der Welt.

„Da wären wir. Wie gefällt dir meine fahrende Burg?"

Der Indianer zeigte auf einen alten, schon recht mitgenommenen Lastwagen, der rundum mit Zirkusbildern bunt bemalt war. Die Rampe auf der Rückseite des Wagens war hinuntergeklappt.

„Komm, schau dich nur um!" forderte der Indianer Zottel

auf und stieg in den Wagen hinauf.

Zottel folgte ihm und beschnupperte neugierig die Stellplätze der drei alten Zirkuspferde.

„Ja, hier schläft Whisky. Das da ist Maestros Platz, und dahinter wohnt Happy. Und oben drüber ist meine Koje. Hier – die Futterkiste und daneben die Kiste mit meinen Klamotten und den alten Kostümen. Die brauch ich nun nicht mehr, aber ich schaue sie mir manchmal an und denke an die alten Zeiten. An der Wand, siehst du, da hat alles seinen Platz: Kochgeschirr, Waschschüssel, Putzzeug, was man so braucht. Die wertvollen Sachen, Papiere, alte Fotos und mein Ausgehanzug, die sind vorn auf dem Beifahrersitz verstaut in einem extra Koffer."

Zottel schien dem Indianer ernsthaft und interessiert zuzuhören, jetzt näherte er seine Nase einem an der Seite befestigten Deckelkorb.

„Das da? Da hebe ich meine Vorräte auf."

Zottel nickte heftig mit dem Kopf und scharrte mit dem rechten Vorderhuf.

„Oh, entschuldige, ich bin ein schlechter Gastgeber!" sagte der Indianer und öffnete den Korb. „Bitte greif zu, die Äpfel sind von meiner Schwester, die hat einen Bauern geheiratet. Manchmal bin ich bei ihnen untergeschlüpft, hab ein bißchen auf dem Feld und im Stall geholfen, wenn meine drei Alten und ich keine Arbeit hatten. Das ist nicht oft passiert; bis jetzt sind wir immer ganz gut durchgekommen. Aber eines Tages sehnt man sich doch danach, seßhaft zu werden."

Zottel nickte verständnisvoll und nahm sich den zweiten Apfel.

„Freut mich, daß es dir schmeckt", brummte der Indianer vergnügt. „Boskop, schön würzig, meine Lieblingssorte, nimm dir nur!"

Zottel zierte sich nicht und fischte den dritten Apfel aus

dem Korb. Dann entdeckte er noch etwas anderes.

„Ach ja, das ist der Zucker für meinen Kaffee, aber der ist nicht gut für deine Zähne“, wehrte der Indianer ab.

Zottel war nicht dieser Ansicht und begann die Packung mit den Zähnen aufzureißen.

„Tut mir leid, mein Junge.“ Der Indianer klappte den Korbdeckel zu und klopfte Zottel tröstend den Hals. „Jetzt müssen wir auspacken. An die Arbeit. Du kannst den Futtersack nehmen.“

Während der Indianer Zottel den Hafersack auf den Rükken packte und begann, seine Habseligkeiten in die Wohnung hinüberzuschaffen, hatte Bille Black Arrow gesattelt und war in die Reitbahn hinübergegangen.

„Du rätst nicht, was inzwischen passiert ist!“ rief sie Simon zu, der seine Stute Pünktchen in ruhigem Trab an der Longe laufen ließ. „Eine Sensation!“

„Das ist vielleicht eine Begrüßung. Komm sofort her!“ befahl Simon in gespielter Entrüstung und ließ Pünktchen anhalten. „Du hast mir heute noch nicht guten Morgen gesagt!“

„Aber jetzt ist doch Nachmittag...“

„Um so schlimmer. Schäm dich!“

Bille trat zu Simon heran.

„Also schön, ich schäme mich aus tiefster Seele. Guten Morgen, großer Meister!“ lispelte sie geziert und machte einen übertriebenen Knicks.

„So ist es recht, mein Kind“, sagte Simon gönnerhaft. „Du darfst mich küssen.“

„Unverschämt bist du gar nicht, wie?“ gab Bille lachend zur Antwort und ließ sich von ihm in die Arme nehmen.

Simon hatte kaum ihre Lippen berührt, da quiekte Pünktchen auf und keilte empört aus. Black Arrow war ihr ihrer Meinung nach zu nahe gekommen, als er Anstalten machte, sie zu begrüßen. Der Rappwallach wich erschrocken zurück und riß Bille mit sich. Im Nu saß Bille im Sand.

„Ich meinte eigentlich nicht, daß du mir die Füße küssen solltest!“ Simon zog die Augenbrauen hoch. „Was machst du da unten?“

„Das frage ich mich auch. Hab wohl heute kein Glück mit feurigen Liebhabern“, murmelte Bille und stand kopfschüttelnd auf. „Gehen wir lieber an die Arbeit.“

„Und was ist das für eine Sensation, die du mir versprochen hast?“

„Richtig, das hätte ich beinahe vergessen! Es scheint, als hätten wir einen Spitzen-Pferdepfleger für den Schulstall bekommen. Er heißt Johnny, kommt vom Zirkus und hat drei alte Pferde mitgebracht.“

„Und warum glaubst du, daß er so gut ist?“

„Sieh ihn dir an, dann weißt du's sofort. Übrigens hast du gleich nachher Gelegenheit, ihn kennenzulernen – wir geben nämlich eine Begrüßungsparty für ihn!“

„Da bin ich gespannt.“

In der Tiedjenschen Küche ging es inzwischen drunter und drüber. Zum Glück hatte Frau Engelke, die Haushälterin, übers Wochenende frei und mußte nicht mit ansehen, wie Tom und Bettina ihr sorgsam gehütetes Reich in kürzester Zeit in ein Schlachtfeld verwandelten. In der Tiefkühltruhe hatten sie eine Apfeltorte und drei Dutzend Krapfen gefunden, die nun im Backofen auftauten.

„Das bißchen Kuchen reicht doch nie!“ sagte Tom. „Wenn erst die Internatsschüler alle antanzen, um zu sehen, was da gefeiert wird ... Nein, weißt du was – wir machen Schnittchen! Einen ganzen Tisch voller bunter Häppchen. Vorräte haben wir genug, und Brot hat Engelchen gestern auch für die ganze Woche eingekauft. Warte, was brauchen wir alles: Wurst, Käse, Schinken ... Harte Eier natürlich, Sardellen,

Gürkchen, Mixed Pickles, Tomaten, Radieschen, Mayonnaise, Ketchup ..."

„Du lieber Himmel, Tom, wie sollen wir das in der kurzen Zeit schaffen?"

„Das ist überhaupt kein Problem, Schätzchen!" beruhigte Tom seine Freundin. „Reg dich nicht auf, ich mach das schon, ich bin ein Meister in bunten Häppchen! Du kümmerst dich um das Geschirr und die Getränke, alles andere überläßt du mir, okay? Da oben auf dem Schrank im Karton muß noch massenhaft Partygeschirr sein."

Bettina machte sich an die Arbeit, und Tom begann, was er für sein künstlerisches Werk brauchte, vor sich auf dem Tisch aufzubauen.

„Es gibt einfach nichts Schöneres als so kleine, leckere Häppchen, findest du nicht?" Tom rieb sich vergnügt die Hände. „Also, erst mal Brot schneiden."

„Erst mal Eier kochen", warf Bettina ein. „Damit sie Zeit haben, abzukühlen. Warte, ich mach das schon."

Tom begab sich zur Brotmaschine und begann andächtig, zwei Weißbrote und ein Schwarzbrot in hauchdünne Scheiben zu schneiden, die er nebeneinander auf den Küchentisch legte.

„Verdammt, ich brauche mehr Platz, das Zeug muß da verschwinden!" murmelte er ärgerlich und sah sich um. Dann verteilte er seine Zutaten auf den Stühlen, auf dem Fensterbrett und auf dem Fußboden. „Jetzt die Butter. Du liebe Zeit, warum muß das Zeug so hart sein! Die läßt sich ja gar nicht streichen ..."

„Leg sie Bille ein paar Runden unter den Sattel, wie's die Tataren mit ihrem Fleisch gemacht haben."

„Sehr witzig. Ich werd sie ein bißchen boxen und massieren. Was meinst du, soll ich auch runde und ovale machen? Oder vielleicht welche mit den Plätzchenausstechern ..."

„Davon verstehst du nichts, mein Engel!" erklärte Tom

„Tom!" mahnte Bettina. „Du hast noch genau zweiundachtzig Minuten Zeit! Und nicht bis Mitternacht!"

„Na schön, also nur Dreiecke und Vierecke."

Tom zerschnitt die Brotscheiben in die gewünschten zierlichen Häppchen und begann sich unter seinen Zutaten umzusehen. Bettina beobachtete sorgenvoll, wie er Stückchen für Stückchen mit Butter bestrich und dann mit einem Wursträdchen, Schinkenscheibchen oder einem Stück Käse belegte, um es dann umständlich zu verzieren. Gurkenschnitzchen, Ketchuptüpfchen, Mayonnaisekringel wechselten mit Sardellenringen, Kapern, Perlzwiebeln und Tomatenachteln ab und wurden auf jedem Schnittchen zu anderen Mustern dekoriert.

„Meinst du nicht, es ginge schneller, wenn du von jeder Sorte ein paar gleiche machtest?“ wagte sie einzuwenden.

„Davon verstehst du nichts, mein Engel, ich folge nur meiner künstlerischen Inspiration. Sind die Eier soweit?“

„Sofort.“

„Was riecht denn hier so streng?“

„Himmel, der Kuchen!“ Bettina riß die Tür des Backofens auf und zog die Bleche heraus. „Das ist gerade noch mal gutgegangen! He, wo soll ich damit hin, kannst du nicht wenigstens einen Stuhl frei machen?“

„Ausgeschlossen – stell das Zeug meinetwegen in die Badewanne. Hier muß ich ungestört sein. Oder warte – bring das Blech gleich ins Auto runter mitsamt dem Geschirr, ich fahre es dir dann rüber.“

Tom vertiefte sich von neuem in sein Werk. Der Tisch sah aus wie das Gemälde eines in geometrische Formen verliebten Malers.

„Himmel, gleich vier Uhr, ich muß Kakao kochen und Teewasser aufsetzen. Tom, kannst du nicht schon mal die Sachen rüberfahren? Ich komme gleich nach und decke den Tisch.“

„Mach ich, mach ich alles, nur nicht nervös werden, Schätzchen.“

Der Schulstall war mittlerweile aus seiner Mittagsruhe erwacht. Wenn auch die Schulpferde am Sonntag ihren Ruhetag hatten, so schauten doch immer wieder Internatsschüler nach ihren Lieblingen. Die Privatpferde wurden von ihren Besitzern zu Ausritten aus ihren Boxen geholt.

Mini, die kleinste und jüngste der Schülerinnen, hegte eine besonders zärtliche Zuneigung zu dem gutmütigen Luzifer, der ihr als Voltigierpferd diente. Luzifer mußte sich seit einigen Monaten eine strenge Diätkur gefallen lassen. Seine vorigen Besitzerinnen, zwei kleine Mädchen, hatten ihn hoffnungslos mit Süßigkeiten überfüttert; ein Wunder, daß ihm die falsche Ernährung außer einem beträchtlichen Übergewicht keinen ernsthaften Schaden zugefügt hatte. Dank der Kur hatte Luzifer schon einiges an Gewicht verloren, und wer nichts von seinem lammfrommen Charakter wußte, konnte den kohlschwarzen Riesen mit dem teuflischen Namen auch für einen Ausbund an teuflischem Temperament halten.

Noch hatte Luzifer das Ziel seiner Kur nicht erreicht, und es wurde streng darüber gewacht, daß der Rappwallach keine Süßigkeiten bekam. Mini sah die Notwendigkeit dieser Maßnahme völlig ein. Aber hin und wieder wurde sie doch schwach und steckte ihrem Liebling etwas zu. Heute waren es Eiswaffeln, die sie beim Mittagessen gehamstert hatte. Luzifer schnaubte vor Begeisterung.

„Schmatz doch nicht so!“ flüsterte Mini. „Leise! Du verrätst uns noch!“

Aber die Mahnung kam zu spät. Frau Körber, eine der beliebtesten Lehrerinnen des Internats, kam mit ihrer Stute die Stallgasse herauf.

„Aber, Kind!“ Das Entsetzen in Frau Körbers Stimme tat Mini weh. „Ich denke, du liebst Luzifer? Du bist wirklich nicht recht gescheit, Mini!? Wenn du dein Pferd liebst, wie kannst du dann etwas tun, was ihm schadet?“

„Oh . . ., dieses kleine bißchen Keks“, verteidigte sich Mini. „Nur heute, weil Sonntag ist! Ich gebe ihm sonst nie etwas, ehrlich, Frau Körber! Außerdem . . ., er ist doch schon so schrecklich dünn geworden . . .“

Frau Körber mußte lachen.

„Von dünn kann wirklich keine Rede sein. Sei vernünftig,

Mini. Gib mir die Kekse, ich hebe sie für dich auf. Und du nimmst Luzifer und bringst ihn noch für eine Stunde ins Laufgatter hinaus. Da kann er sich ein bißchen austoben, das wird ihn auf andere Gedanken bringen. Armer Kerl, er tut mir ja selber leid."

Mini nickte stumm ergeben und übergab Frau Körber die Eiswaffeln. Luzifer schaute enttäuscht hinter ihr her. War das zu fassen? Erst kam sie mit einer Hand voller Kekse hier herein, dann bekam er lächerliche zwei davon – und den Rest nahm sie wieder mit!

Während Mini Luzifer aus der Box holte und die Stallgasse hinuntertrottete, bog draußen Simons Ente um die Ecke und hielt mit quietschenden Reifen vor dem hinteren Eingang, der direkt zum Unterrichtsraum führte. Tom wand sich vom Fahrersitz, was bei seiner Länge einiger schlangenartiger Bewegungen bedurfte, und begann die Kartons mit Geschirr, Bestecken und Papierservietten auszuladen. Zuletzt hob er das Kuchenblech mit dem Apfelkuchen und den Krapfen aus dem Wagen und stellte es auf den Turm aus Kartons.

„Verdammt, natürlich wieder abgeschlossen!" murmelte Tom. „Na ja, ich muß weitermachen – soll sich Bettina drum kümmern!"

Tom schwang sich zurück auf den Fahrersitz und brauste davon. An der Ecke stoppte er kurz.

„He, Mini, kannst du mir einen Gefallen tun? Hol bitte den Schlüssel von der Hintertür, da sind ein paar Sachen in den Unterrichtsraum zu bringen. Hab sie draußen neben dem Gatter abgestellt."

„Okay, sofort."

Mini schob das Tor des Laufgatters zur Seite und forderte Luzifer mit einem freundlichen Klaps auf, einzutreten. Sie schloß das Gatter sorgfältig hinter ihm, dann ging sie in den Stall zurück, um den Schlüssel zu suchen.

Luzifer machte ein paar Bocksprünge, buckelte ausgiebig, dann legte er sich in den Sand, um sich erst einmal gründlich zu wälzen. Während er so genießerisch von einer Seite auf die andere rollte, streifte ein süßlich-warmer Duft seine Nüstern. Luzifer hielt so plötzlich in der Bewegung inne, daß er aussah wie ein umgestürztes Kriegerdenkmal. Er schnupperte einmal, zweimal – der Duft verstärkte sich. Ein Duft von etwas, das er seit Wochen schmerzlich vermißte.

Der Wallach stand vorsichtig auf, als könne er die verlokkende Fährte, die ihn zur Quelle dieses Duftes führen sollte, unterwegs verlieren. Er schüttelte sich kurz den Sand aus dem Fell und reckte mit weit geblähten Nüstern den Hals. Kein Zweifel, da war sie wieder: die süß duftende Fährte führte in die Ecke des Gatters, die an den Hintereingang zum Stall grenzte! Luzifer trabte, wie von unsichtbaren Flügeln getragen, dem Geruch entgegen, der so süße Erinnerungen in ihm weckte. Zuckermandeln, Honigbonbons, in Kinderhänden aufgeweichte Schokolade und Berge von marmeladegefüllten Keksen. Pralinen mit Marzipan gefüllt hatte er besonders geliebt, und dann diese Makronentörtchen, knusprig und süß.

Ja, da war sie, die Quelle längst vergangener Freuden! Ausgebreitet auf einer großen Platte, direkt vor seinen Augen, nur durch die Stangen des Laufgatters von ihm getrennt – und die stellten wahrhaftig kein Hindernis für ihn dar.

Luzifer legte den Kopf schief und schob ihn zwischen den obersten Holzstangen hindurch. Mit spitzen Lippen angelte er nach einem der Krapfen. Dabei drückte er ein wenig auf das Backblech, das kippte, und der Apfelkuchen rutschte ihm entgegen. Sacht landete das Backblech im Sand, und ein Krapfen nach dem anderen kollerte Luzifer vor die Hufe. So mühelos war ihm ein Schlemmermahl schon lange nicht mehr zugefallen! In aller Ruhe vertilgte er erst den Apfelkuchen, dann Krapfen auf Krapfen...

Mini hatte inzwischen ein Dutzend Leute nach dem Schlüssel zur Hintertür gefragt. Schließlich landete sie bei Nico, die gerade mit Florian von ihrem Ausritt zurückkam.

„Den Schlüssel zur Hintertür? Den hat bestimmt Herr Toellmann in der Hosentasche. Hat er doch meistens. Macht nichts, wir tragen die Sachen eben durch den Stall rein", meinte Nico. „Warte einen Augenblick, ich versorge Sylvester schnell, dann helfe ich dir. Bettina ist auch schon im Anrollen, sie schleppt zwei Körbe voller Kannen, ich bin eben an ihr vorbeigeritten. Geh schon mal raus und hilf ihr."

„Nicht nötig, bin schon da!" Bettina kam die Stallgasse herauf. „Wo hat Tom die Kartons mit dem Geschirr hingestellt? Wir müssen die Tische decken."

„Was wird das eigentlich?" erkundigte sich Mini. „Eine Party?"

„Richtig! Der Kandidat kriegt hundert Punkte. Eine Party für den neuen Stallpfleger."

„He, Spitze! Warte, ich hole die Kartons, ich weiß, wo sie sind."

Eine Viertelstunde später hatten die Mädchen die Tische im Unterrichtsraum zusammengeschoben und eine Tafel gedeckt. Die Kannen mit Tee und Kakao standen, zum Warmhalten in Handtücher gewickelt, in den Körben. Die ersten Gäste waren erschienen. Simon und Bille betraten den Raum, Edmund der Weise und Florian. Das Ehepaar Körber kam; ein paar Schüler, die neugierig hereinschauten, sicherten die Plätze am Tisch. Ignaz der Schreckliche schloß sich der Gesellschaft an, der von allen geliebte und ebenso gefürchtete Lehrer, der eigentlich Ignaz Albert hieß. Und schließlich kam die Hauptperson: Johnny, der Indianer. Bille stellte ihn den anderen vor.

„Kinder, setzt euch, der Tee wird kalt!“ rief Bettina. „Wenn ich bloß wüßte, wo Tom bleibt. Ich fürchte, auf seine raffinierten Schnittchen müßt ihr noch zwei Stunden warten. Na, macht nichts, halten wir uns so lange an den Kuchen. Wo habt ihr ihn hingestellt?“

„Was?“

„Das Blech mit dem Kuchen. Mit der Apfeltorte und den Krapfen!“

Mini bekam runde Augen.

„Ich habe nichts gesehn. Bist du sicher, daß es nicht noch drüben in der Küche steht?“

„Ganz sicher. Tom hat mir gesagt, er habe alles zusammen draußen abgestellt.“

„Verdammt!“ Bille biß sich auf die Lippen. „Zottel läuft frei herum!“

„Nein“, widersprach Mini kleinlaut. „Diesmal ist er sicher unschuldig. Luzifer ist im Laufgatter. Und die Kartons standen dicht daneben. Also, ehrlich gesagt habe ich mich gewundert, wozu ihr das leere Kuchenblech braucht...“

Florian prustete heraus.

„Luzifer! Zottel hat Konkurrenz bekommen! Na ja, in der Not frißt der Teufel Kuchen. Hoffentlich wird er nicht krank davon.“

„Für solche Fälle habe ich meine Spezialtropfen“, sagte der Indianer lachend. „Die bekommt er gleich eingeflößt.“

„Ein Glück, daß Tom noch etwas anderes für uns zu essen hat“, sagte Bettina. „Er muß Hellseher sein.“

In diesem Augenblick gab es in der Stallgasse ein ohrenbetäubendes Klirren. Gleich darauf wurde die Tür aufgerissen, und Tom schaute mit hochrotem Kopf in die Runde.

„Kann mal einer von euch rauskommen, Kinder? Ein kleines Mißgeschick... Ein Glück, daß wir noch den Kuchen haben! Meine Schnittchen liegen in der Stallgasse...“

Wenn das man gutgeht!

„Ich glaube fest daran, daß er mit Pferden sprechen kann", sagte Bille, als sie abends zu Hause neben ihrer Mutter auf dem Sofa saß und Erdnüsse knabberte, um sich für die entgangenen Genüsse des Nachmittags zu entschädigen. „Natürlich nicht laut, sondern in Gedanken. Es muß so eine Art Telepathie sein."

Onkel Paul trennte sich seufzend vom *Sport am Sonntag* und drehte den Ton ab.

„Meinst du wirklich? Na ja, so was gibt's, ich habe schon öfter darüber gelesen. Hoffentlich macht er euch nicht nur etwas vor. Zirkuszauber und so. Nachher gibt's dann die große Enttäuschung."

„Mit Johnny sicher nicht. Wie der mit den Pferden umgeht! Du spürst einfach, wie ernst er sie nimmt. Er ist so ... so gründlich in allem und so zartfühlend. Du hättest sehen sollen, wie der Luzifer diese scheußlichen Tropfen eingegeben hat! Richtig reingemogelt ... Ich wünschte, ich könnte das so."

„Na, daß er sich nicht von den drei alten Pferden trennt, das spricht jedenfalls für ihn", stellte Mutsch fest und ging zum Wohnzimmerschrank, um eine neue Tüte Nüsse zu holen. „Der ist bei einem Chef wie Tiedjen genau richtig, dem das Wohl seiner Pferde immer wichtiger war als seine Turniersiege."

„Was sagt denn dein Zottel zu den Kollegen vom Zirkus?"

Onkel Paul nutzte den Augenblick, um sich hinter Mutschs Rücken ein drittes Glas Wein einzuschenken.

„Zu Johnny fühlte er sich sofort hingezogen! Ich bin fast ein bißchen eifersüchtig geworden", berichtete Bille lebhaft. „Die Sorge, daß Zottel sich langweilen könnte, wenn ich mit Black Arrow trainiere, bin ich jedenfalls los. Bei Johnny ist er bestens aufgehoben... Oh, Telefon, entschuldigt mich bitte."

Bille sprang auf und lief in den Flur hinaus.

„Grüß ihn schön", rief ihr Onkel Paul grinsend nach.

Aber es war nicht Simon.

„Klönke hier!" meldete sich eine forsche Männerstimme. „Ist Paul da, gnä' Frau? Entschuldigen Sie die späte Störung, aber ich müßte ihn dringend mal sprechen."

„Einen Moment bitte, ich hole ihn."

Bille ging ins Wohnzimmer zurück und sah ihren Stiefvater schmunzelnd an.

„Irrtum, mein Lieber, es ist für dich. Ein Herr namens Klönke..., und der Hintergrund hört sich ziemlich nach Stammtisch an."

Onkel Paul erhob sich ärgerlich grunzend. Mutsch benutzte die Gelegenheit, ein anderes Programm im Fernsehen einzuschalten.

„Klönke..., das ist doch der mit dem großen Kaufhaus in Neukirchen, das sie gerade renoviert haben", murmelte sie. „Du, sieh doch mal nach, wo der Marilyn-Monroe-Film kommt."

„Der war im dritten Programm. Ist gerade vorbei."

„Typisch, wenn ich schon mal was sehen will..."

Draußen im Flur lachte Onkel Paul dröhnend. Dann kam eine Weile nur ‚ja' und ‚nein'. Aber plötzlich horchte Bille auf.

„Vierspännig? Da muß ich mal mit ihr reden. Doch, ja, das müßte zu machen sein. Nicht schlecht, die Idee... Ja, ist gut. Ich rufe dann zurück. Tschüs so lange."

„Na?" fragten Bille und Mutsch gleichzeitig.

„Ja, du hast recht, die sitzen in der *Post* zusammen und beschnacken die Feier zur Wiedereröffnung des Kaufhauses. Sind schon ganz schön in Stimmung, scheint mir. Und da ist Klönke auf die Idee gekommen ..., weil das mit dem Weinkonsum bei uns im Norden noch nicht so hinhaut ... Man könnte unter anderem so etwas wie eine Wein-Werbe-Woche machen und sie mit einem Umzug der Weinkönigin eröffnen. Geschmückte Kutsche – Vierspänner –, ein hübsches Mädchen, das Wein ausschenkt, Musik ... Und Klönke meinte, weil du doch mit so was Erfahrung hast ..."

„Bille als Weinkönigin?" Mutsch sah ihre Tochter skeptisch von der Seite an. „Also, die stelle ich mir anders vor."

„Ach was, Bille soll die Kutsche fahren! Und als Weinkönigin ..."

„... nehmen wir Bettina, ist doch klar!" fiel ihm Bille ins Wort. „Die sieht doch sowieso aus wie Schneewittchens Tochter. Warte, ich rufe sie gleich an."

Bille war Feuer und Flamme. So eine Eröffnungsfeier war eine lustige Abwechslung im grauen Schulalltag. Es gab gut zu essen und zu trinken, Musik und Tanz und ganz sicher auch ein gutes Honorar für ihre Mitarbeit! Und das konnte man jetzt vor Weihnachten besonders gut gebrauchen.

„Wann soll das große Ereignis denn steigen?"

„Nächsten Samstag. So ab zehn glaube ich. Sie wollen ein Festzelt aufbauen, mitten auf dem Rathausplatz, gegenüber vom Haupteingang zum Kaufhaus, damit die Leute vom Einkaufen direkt ins Zelt rennen. Und ihr sollt vorher ein bißchen in der Stadt rumfahren und die Leute auf das große Ereignis aufmerksam machen."

„Vierspännig?" brummte Mutsch. „In dem Lärm und Betrieb? Mitten in der Stadt! Wenn das nur gutgeht! Weinkönigin bei uns im Norden! Eine Schnapsidee."

„Was ist paradox? Wenn eine Weinkönigin eine Schnapsidee

ist“, blödelte Onkel Paul. „Laß man, ich finde das gar nicht schlecht! Ein schönes Mädchen neben einem großen Faß reicht Weinproben herum und winkt lächelnd in die Menge . . ., ein hübscher junger Kutscher in Livree auf dem Bock, vier geschmückte Pferde vor dem Wagen, Musik, jubelnde Menschen . . .“

„Spinner“, sagte Mutsch trocken. „Und die Autos? Der Benzingestank?“

„Ach was. Sollst mal sehen, das wird ein Erfolg! Und am Ende geht unser Weinumsatz in Leesten auch in die Höhe. Man muß die Leute auf den Geschmack bringen!“

Bille war bereits am Telefon und sprach mit Bettina. „Du, das wird ein Riesenjux! Endlich mal wieder ein großer Auftritt!“

„Meinst du?“ fragte Bettina zögernd. „Na ja, lustig kann das schon werden, aber . . ., kannst du denn überhaupt vierspännig fahren?“

„Klar! Das haben wir doch schon gemacht. Denk an Huberts Hochzeit!“

„Das war im Dorf – und einer hat die vorderen Pferde geführt.“

„Na und? Ich übe eben vorher noch ein bißchen. Mit den Ponys ist so was gar kein Problem. Mehr als Schritt fahren tun wir doch in der Stadt sowieso nicht!“

„Also gut, dann rede meinetwegen mit diesen Leuten. Wer weiß, ob sie mich überhaupt als Weinkönigin haben wollen.“

Am nächsten Tag fuhr Onkel Paul Bille nach Neukirchen und begleitete sie ins Büro des Kaufhausdirektors Klönke. Bille hatte sich einen fröhlichen alten Herrn mit Bäuchlein und Glatze vorgestellt. Fröhlich war Herr Klönke zwar, und von unermüdlicher Geschäftigkeit, was er durch ständiges Händereiben unterstrich, aber er war schlank und hochgewachsen und besaß eine üppig gelockte semmelblonde Mähne und einen gepflegten Schnauzbart. Einen halben Schritt hinter ihm wie ein zweites Ich – stand ein ebenso semmelblonder, kleiner dicker Herr, der sein Haar in die Stirn gekämmt trug und den Herr Klönke als seinen Teilhaber Imrogge vorstellte. Herr Imrogge schien vor allem die Aufgabe zu haben, zu allem, was Herr Klönke sagte, bestätigend zu nicken.

„Also", Herr Klönke rieb sich vergnügt die Hände, „die Sache läuft schon auf vollen Touren! Der Wagen ist organisiert und wird von unseren Dekorateuren geschmückt, die Kostüme sind bestellt. Wo ist unsere Weinkönigin? Ihr Onkel sagte uns, Sie brächten eine außergewöhnlich hübsche Freundin mit, Fräulein Abromeit, wie geschaffen für eine solche Rolle?"

„Das ist richtig. Leider konnte Bettina Henrich heute nicht kommen. Aber sie wird das prima machen, Herr Klönke", sagte Bille mit Nachdruck, „und eine Hübschere werden Sie so leicht nicht finden. Sie soll Wein ausschenken? Aus einem Faß?"

„Keine Rede, das ist alles viel einfacher! Kleine Becher, wir nehmen kleine Becher mit Wein, das Faß ist nur Dekoration. Kleine Weinproben und für die Kinder ein paar Trauben. Vor Ihnen her fährt ein Lautsprecherwagen, der die Leute zur Wein-Werbe-Woche einlädt und sie auffordert, ins Festzelt zu kommen."

„Ein Lautsprecherwagen?" Bille sah unbehaglich zu Onkel Paul hinüber. „Ich weiß nicht..., das wird unseren Ponys nicht sehr gefallen. Dauernd die Abgase in den Nasen ... und der Lärm? Was halten Sie davon, wenn eine zweite Kutsche vorausfährt? Pferde haben wir doch genug, und ich bin sicher, Florian Henrich würde den Wagen kutschieren. Und den Lautsprecher könnten wir durch eine Plakatwand auf der ersten Kutsche ersetzen."

„Genial!" Herr Klönke haute Bille anerkennend auf die

Schulter. „Absolut genial! Eine zweite Kutsche ist viel stilechter! Nehmen wir zwei Kutschen, da schauen die Leute doch gleich ganz anders hin!"

„Und dann sollte noch jemand mitfahren, um Bettina beim Ausschenken zu helfen", schlug Bille weiter vor. „Allein schafft sie es nie, wenn erst richtig Betrieb ist. Vielleicht fährt Nico mit..."

„Gut, ein zweites Mädchen zum Ausschenken. Und im vorderen Wagen sitzt einer unserer Leute neben dem Kutscher und bedient den Lautsprecher."

„Sie wollen auf den Lautsprecher nicht verzichten?"

„Unmöglich, Mädchen! Sonst guckt doch nur die Hälfte hin! Bei dem Betrieb am Samstag, wo alles von Laden zu Laden hetzt."

„Na ja", murmelte Bille und schielte zu Onkel Paul hinüber, „wird schon schiefgehn."

„Weißt du was?" sagte Onkel Paul, als sie wieder im Auto saßen. „Vor die erste Kutsche spannen wir zwei der Veteranen, die der Indianer mitgebracht hat. Die sind Krach und Musik gewöhnt, die machen keine Zicken. Und wenn die in aller Ruhe vorausmarschieren, laufen die anderen brav hinterher, wetten!"

„Onkel Paul, du bist wie immer der Größte! Das ist die Idee! Nicht, daß ich mir direkt Sorgen machte – aber man will sich schließlich nicht blamieren", sagte Bille erleichtert. „Auf Zottel und Bongo ist Verlaß, das weiß ich. Aber wie sich Rumpelstilzchen und Lucky als Vorderpferde benehmen, da bin ich mir nicht so sicher."

In den darauffolgenden Tagen spannten Bille und Bettina täglich die Ponys vor eine der alten Groß-Willmsdorfer Kutschen, und unterstützt vom alten Petersen, der diese Kunst noch vorzüglich beherrschte, übte Bille vierspännig zu kutschieren.

„Brauchst dir keine Sorgen zu machen, Mädchen“, sagte er, „du machst das großartig. Hast ja schließlich einen Pferdeverstand. Du wirst sehen, das klappt schon. Und du brauchst ja sowieso nur im Schritt zu fahren“, setzte er beruhigend hinzu.

Allmählich verlor sich Billes Sorge, sie könnte mit dem Vierergespann vielleicht doch nicht zurechtkommen; sie begann sich auf ihren großen Auftritt am Samstag zu freuen.

Am Donnerstag schickte das Kaufhaus Klönke ein paar Kostüme zur Auswahl. Bille wählte einen weinroten Samtfrack mit Kniehosen, einem weißen Spitzenhemd und weißen Strümpfen. Dazu trug sie schwarze Lackschuhe mit silbernen Schnallen, weiße Handschuhe und einen Dreispitz mit einer

„Sieht sie nicht süß aus?“ rief Mutsch begeistert. „Wie ein Kavalier aus alten Zeiten!“

verwegenen Feder. Onkel Paul mußte sie in ihrer Aufmachung sofort fotografieren, und Mutsch ruhte nicht eher, bis die halbe Nachbarschaft und Billes Schwester Inge nebst Ehemann Thorsten sie in ihrer Aufmachung bewundert hatten.

„Sieht sie nicht süß aus, unsere Kleine? Wie ein junger Kavalier aus alten Zeiten. Fehlt nur noch die weiße Zopfperücke!"

Bettina und Nico trugen lange Kleider mit tiefem Ausschnitt und weiten, bauschigen Ärmeln, üppig mit goldenen Schnüren besetzt und mit Stickereien verziert. Die Röcke waren durch eine Anzahl Reifen und Unterröcke verstärkt, sie umgaben sie wie Kaffeemützen. Die beiden Mädchen waren froh, sich auf dem Wagen nicht von der Stelle bewegen zu müssen. Auf dem Kopf trugen sie blumenbesetzte Strohhüte, was vor allem für Nico von Vorteil war, die wegen ihrer kurzgeschnittenen Haare oft für einen Jungen gehalten wurde.

Der Samstag kam mit leichtem Frost und einem tiefblau erstrahlenden Festtagshimmel – wie geschaffen für die Unternehmung.

Um Punkt neun Uhr erschienen alle im Hof des Kaufhauses Klönke: der Tiedjensche Transporter mit den vier Ponys, gefahren von Tom, der seine in ein mittelalterliches Burgfräulein verwandelte Bettina neben sich hatte, und dahinter der Wagen des Indianers mit Happy und Whisky, begleitet von Bille, Florian und Nico. Herr Imrogge bekam kugelrunde Augen, als der buntbemalte Zirkuswagen vor ihm hielt.

„Keine Sorge!" meinte Bille lachend. „Wir wollen Ihnen nicht die Schau stehlen, Herr Imrogge! Happy und Whisky reisen nun mal am liebsten im eigenen Wagen, aber der bleibt hier auf dem Hof. He, da ist ja unsere Kutsche! Toll sieht die aus, die Leute werden Augen machen!"

„Super!" Nico erklomm als erste den kunstvollen Aufbau aus buntem Laub, Blüten und Trauben, der wie eine verschwiegene Laube gestaltet war und in dessen Mitte das große Weinfaß prangte. „Na, wenn das kein Erfolg wird!"

Herr Imrogge wurde rot vor Stolz. Aber gleich darauf wich die gesunde Farbe aus seinem Gesicht, denn Florian und der Indianer hatten begonnen, die Ponys auszuladen, und im Hof wurde es so eng wie in einem überfüllten Fahrstuhl. Herr Imrogge schätzte den Kontakt mit den prallen Hinterteilen der Ponys nicht sonderlich und suchte nach einer glaubwürdigen Entschuldigung für einen raschen Abgang.

„Ich muß schnell mal telefonieren", murmelte er hastig und schob sich in Richtung Tür, die Hinterhufe der Ponys nicht aus den Augen lassend. „Nette Tiere, wirklich ganz reizende Tiere!"

Zottel, der sich gerade umdrehte, belohnte ihn für dieses Lob mit einem Kuß, wenn auch unfreiwillig, denn er hatte nichts weiter beabsichtigt, als sich Billes Zugriff zu entziehen. Herr Imrogge fühlte den festen Druck des warmen Pferdemauls oberhalb seines linken Ohres, und seine schöngescheitelte Frisur wanderte ein Stück nach rechts unten und gab den Blick auf einen Streifen rosig glänzender Glatze frei. Bille tat, als sei sie mit Zottels Stirnband beschäftigt, als Herr Imrogge mit einer hastigen Bewegung seine Zweitfrisur in die richtige Lage zurückschob.

„Spannt nur erst mal in Ruhe an", rief er, schon in der Tür. „Herr Klönke holt euch dann später ab."

Klönke erschien bereits zwei Minuten später, händereibend und vor Vergnügen in sich hinein glucksend.

„Kinder, Kinder, das wird ein Fest, so was hat die Stadt noch nie zu sehen bekommen! Habt ihr den Korb mit den Blumen und dem künstlichen Laub gefunden? Hier, das ist für die Geschirre eurer Pferde. Wartet, ich helfe euch!"

Herr Klönke hatte offensichtlich nichts gegen Pferde und begann emsig, die Ponys mit buntem Laub, Blüten und künstlichen Trauben zu behängen, bis sie aussahen wie vier überladene Frachtkähne mit wechselnder Schlagseite.

„Ist das nicht ein bißchen viel?" wagte Bille einzuwenden. „Vielleicht sollte man noch erkennen, daß es Ponys sind?"

„Aber nein, sie sehen hinreißend aus! Findest du nicht?"

„Nun ja", sagte Bille schwach. „Ruhe da vorn, streiten könnt ihr zwei euch zu Hause!"

Rumpelstilzchen versuchte, Luckys raschelnde Girlande herunterzuzerren. Lucky glaubte, er habe sie beißen wollen und biß zurück.

„Vielleicht hätte ich das Vierspännigfahren besser mit dem ganzen Gemüse üben sollen", stöhnte Bille. „Geht's denn nicht endlich los?"

„Sofort, sofort", sang Herr Klönke und tänzelte zu Bettina hinüber, um ihr letzte Instruktionen zu geben.

„Also, meine Hübschen, das große Faß ist natürlich leer. Dort unten am Boden steht ein Karton mit Weinflaschen und daneben einer mit Bechern, die – wie ihr seht – schon mit Wein gefüllt sind. Da drüben ist der Karton mit den Ersatzbechern. Dran denken: immer nur ein Drittel voll schenken! Erstens, damit es nicht überschwappt, und zweitens, damit die Leute gerade so weit auf den Geschmack kommen, daß sie ins Festzelt gelockt werden. In dem Korb dort sind die Weintrauben für die Kinder. Immer kleine Sträußchen von drei, vier Trauben verteilen, klar?"

„Wird schon schiefgehen, Herr Klönke."

„Also dann – viel Glück! In etwa anderthalb Stunden sehen wir uns auf dem Rathausplatz wieder. Und nicht vergessen: eine Ehrenrunde um das Festzelt, damit euch alle noch mal bewundern können! Anschließend hält der Bürgermeister seine Ansprache. Am besten haltet ihr vor der Rednertribüne."

Bin ich froh, daß Florian mit Happy und Whisky vorausfährt, dachte Bille, als sie auf den Kutschbock kletterte und die Zügel aufnahm. Wenn ich sehe, wie nervös meine vier jetzt schon sind...

Onkel Paul hatte recht gehabt: Happy und Whisky konnte wirklich nichts aus der Ruhe bringen. Allerdings mußten sie sich auch nicht mit so viel lästigem Blumenschmuck plagen wie das Gespann der Weinkönigin. Neben Florian hatte ein flotter Jüngling aus der Werbeabteilung des Kaufhauses Platz genommen, der sich als Heino vorstellte und einen Zettel mit seinem Text sowie eine riesige Flüstertüte in den Händen hielt. Wie Florian trug auch er eine leuchtend rote Livree und einen Dreispitz mit Federbusch. Auf der Kutsche hinter ihnen wankte wie ein Riesenwürfel ein Reklameobjekt, das auf allen vier Seiten in schwungvoller Schrift das große Ereignis ankündigte.

Der Zug setzte sich in Bewegung. Florian ließ die Peitsche über Happys und Whiskys Ohren schnalzen, und die beiden fielen in einen gemütlichen Zockeltrab.

„Schritt, Flori!" brüllte Bille hinter ihm. Langsam!"

Tom, der sich gerade zu einem kleinen Stadtbummel aufmachen wollte, um dem Ereignis als Zuschauer beizuwohnen, spurtete hinter Florian her.

„Langsam, Menschenskind! Vergiß bloß nicht, daß die da hinter dir Wein ausschenken müssen!"

„Ach so, ja, natürlich."

Florian drosselte das Tempo. Hinter ihm vermieden Lucky und Rumpelstilzchen nur um Haaresbreite, mit ihren Nasen die Plakatwand zu durchstoßen. Der Zug bog in die Hauptstraße ein. Im Nu waren sie von Neugierigen umringt. Der flotte Heino hob die Flüstertüte und begann seine wohlgesetzte Einladungsrede zu verlesen.

Happy und Whisky zuckten nicht einmal mit den Ohren.

Auch Zottel und Bongo ließen sich kaum aus der Ruhe bringen, wenn sie auch mißmutig mit den laubumkränzten Köpfen schlugen, um sich der kratzenden und pieksenden Last zu entledigen. Aber Rumpelstilzchen und Lucky wurden von Minute zu Minute aufgeregter. Drängelnde Menschen von allen Seiten, die schwankende Plakatwand vor der Nase, eingehüllt in ekelhaft raschelndes Grünzeug, waren sie völlig verstört und hüpften und buckelten wie junge Ziegenböcke.

Das freundlich strahlende Werbelächeln auf Billes Gesicht gefror zur Maske, während sie den ganzen Körper anspannen mußte um die Zügel zu halten.

„Ruhig, Lucky! Rumpelstilzchen, ruhig..., ganz ruhig, olalalala..., ruhig, Lucky..., ruhig...“, kam es stoßweise wie Beschwörungsformeln aus ihrem Mund.

Warum hatte sie Tom bloß gesagt, er brauche nicht mitzukommen und könne unbesorgt spazierengehen, bis sie zurück seien? Jetzt stand er sicher vor einem Fotoladen und studierte selbstvergessen die neuesten Kameramodelle. Und Johnny war zu seiner Arbeit nach Groß-Willmsdorf zurückgefahren und kam sie erst mittags wieder abholen...

Bettina und Nico merkten nichts von Billes Nöten, sie hatte alle Hände voll zu tun. Von überallher streckten sich ihnen Arme entgegen, in dicken Trauben drängten sich Kinder und Erwachsene heran, um etwas von den kostenlosen Proben zu ergattern. Zurufe flogen hin und her, die Leute lachten, andere schimpften, weil man sie zurückdrängte oder ihnen den Weg versperrte.

„Hierher! Hierher, Fräulein, wir haben noch gar nichts!“

„Ich war schon viel früher da!“

„Warum werfen Sie nicht mal ne ganze Flasche runter, schöne Dame?“

„Was? So ’n kleiner Schluck nur? Ihr schenkt schlecht ein!“

„Gibt's bei euch auch Bier, Mädchen? Ich hab Durst!"
„Ich will auch was, hierher, hier!"

Alle paar Minuten verlas der flotte Heino seinen salbungsvollen Text, in dem viel von Qualität zu kleinen Preisen und dem familiengerechten Einkaufsparadies des traditionsreichen Hauses Klönke die Rede war, was immer man darunter verstehen wollte.

Fast eine halbe Stunde fuhren sie jetzt durch die Innenstadt. Billes Arme begannen lahm zu werden. Zum Glück wurde es in der nächsten Straße so eng, daß der Zug für kurze Zeit zum Stehen kam. Sofort waren die Ponys von Kindern umringt, Kekse und Schokolade wurden mit spitzen Fingern in die Nähe der Pferdemäuler gehalten, von allen Seiten streichelten und zwickten heiße, klebrige Hände und versuchten wenigstens ein Stückchen Pony zu berühren. Der kleine Imbiß lenkte die vier minutenlang von ihrem Ärger ab, und Bille schüttelte Arme und Schultern, um die verkrampften Muskeln zu lockern.

Plötzlich gab es einen Ruck; der Verkehrsstau vor ihnen hatte sich aufgelöst, hinter ihnen hupte jemand ungeduldig, die Fahrt ging weiter. Durch das Hupen nervös geworden, vergaß Florian für einen Augenblick den Wagen der Mädchen und ließ Happy und Whisky antraben. Rumpelstilzchen und Lucky, noch mit der Kekspackung eines kleinen Mädchens beschäftigt, verpaßten den Aufbruch, spürten das Kitzeln der Peitsche auf dem Rücken und setzten erschrocken hinter dem vorderen Wagen her. Die Kekspackung schaukelte zwischen Rumpelstilzchens Zähnen. Der Wagen ruckte an, schoß nach vorn, und Nico, die gerade einen Becher mit Rotwein füllte, plumpste rückwärts in den Karton mit den leeren Bechern. Der Rotwein verteilte sich wie feiner Sprühregen über ihr Gesicht und schminkte ihr die Masern an. Der Rest rann ihr in den Ausschnitt.

„He, spinnst du?"

„Sag das Flori! Ich kann auch nichts dafür. Ruhig, Lucky, Zottel, Bongo, kommt..., ganz ruhig, so ist's brav!"

Die nächsten zwei Straßen passierten sie ohne Schwierigkeiten; die beiden Wagen waren so in den Samstagvormittagsverkehr eingekeilt, daß ihnen gar nichts anderes übrigblieb, als sich dem trägen Fluß der Autoschlange anzupassen. Rundum von Autos umgeben, war an ein Ausschenken des Weins allerdings auch nicht mehr zu denken. Bettina und Nico beschränkten sich darauf, Weintrauben in ausgestreckte Hände zu werfen, wenn sie auch nicht immer dort landeten.

Endlich hatten sie den Rathausplatz erreicht, dessen eine Seite ganz von der Schaufensterreihe des Kaufhauses Klönke eingenommen wurde. Fahnen und Girlanden schmückten das Portal und die Vorderfront. Eine Allee aus künstlichen Lorbeerbäumchen führte zum Festzelt hinüber, das in der Mitte des Platzes aufgebaut war und neben dessen Eingang ein Podium auf die Festredner wartete. Bürgermeister, Stadträte und Ehrengäste standen vor dem Eingang und wurden von den Gastgebern unterhalten, bis das Vorfahren der Weinkönigin den offiziellen Teil der Feier einleitete.

Für das große Ereignis hatte man den Platz für jeglichen Autoverkehr gesperrt. Mit Girlanden und flatternden Fähnchen, künstlichen Blumen und Bäumchen machte der Platz den Eindruck eines reichgeschmückten Ballsaales. Florian reckte sich zu voller Höhe auf und ließ die Peitsche knallen, als er in den Platz einbog. Herr Klönke winkte ihnen fröhlich entgegen und klatschte in die Hände.

In diesem Augenblick fiel dem flotten Heino eine Unterlassungssünde ein. Er hatte zwar unermüdlich seinen Text verlesen, aber darüber vergessen, das Tonband mit der Marschmusik abzuspielen. Wenn das der Chef merkte! Erschrocken drückte er auf den Knopf. Aus den nach allen vier Seiten ausgerichteten Lautsprechern knallte ein Tusch wie ein Kanonenschuß.

Lucky, Rumpelstilzchen, Bongo und Zottel stiegen wie auf Kommando steil in die Höhe. Lucky und Rumpelstilzchen wichen dabei zurück, so daß Zottel und Bongo mit ihren Hufen auf ihren Hinterteilen landeten. So – scheinbar von hinten angegriffen – preschten die beiden los, Bongo und Zottel hinterher. Der Wagen schoß an der vorderen Kutsche vorbei, Bettina landete krachend an dem leeren Faß, Nico in dem Korb mit Weintrauben. Bille hängte sich mit ihrem ganzen Gewicht in die Zügel und schickte ein Stoßgebet gen Himmel, Deichsel, Geschirre und Wagen möchten dieser plötzlichen Flucht standhalten.

Happy und Whisky hatten auf die überlaut einsetzende Marschmusik so gleichgültig reagiert, als wären sie taub. Als jetzt das Vierergespann an ihnen vorbeischoß, glaubten sie, ihren Einsatz verpaßt zu haben, und rasten hinterher. Bis zur Kurve hatten sie die anderen fast eingeholt.

„Seid ihr total verrückt geworden?" kreischte Herr Klönke. „Das ist doch kein römisches Wagenrennen!"

Krachend löste sich das Weinfaß aus seiner Verankerung und landete in einem Schaufenster mit eleganten Abendmoden. Die festlich gekleidete Puppengesellschaft sackte über ihm zusammen, als hätte sie das Faß kurz zuvor leergetrunken. Das Publikum ging schreiend in Deckung; Weinlaubgirlanden und künstliche Trauben zischten wie Silvesterraketen durch die Luft. Dem Bürgermeister legte sich ein Kranz von Blättern um die Brust, als trüge er ein Lätzchen. Herr Imrogge durchstieß den über ihm niedergehenden Plakatwürfel und stand plötzlich ohne seine Zweitfrisur da.

„Anhalten! Anhalten!" schrie Herr Klönke, der nicht begreifen wollte, daß die Pferde durchgegangen waren. „Haltet sofort an . . ." Das Wort erstickte gurgelnd unter einer

Traube, die ihm ins Gesicht klatschte und nun aus seinem Mund hing, als wolle er sie apportieren.

„Brrrr!“ schrie Bille. „Brrrrr! Zottel! Bongo! Ruhig! Haaaalt! Brrrrr!“

Happy und Whisky besannen sich auf ihr Alter und gaben schnaubend die Verfolgung auf. Der flotte Heino suchte sein Heil im Absprung, ehe die beiden es sich wieder anders überlegten, und landete zitternd im Schoß der gut gepolsterten Frau Bürgermeister, die unter ihm zu Boden ging. Vom Tonband dröhnte jetzt *leichte Kavallerie*, die Ponys rasten weiter im Kreis. Florian sah entsetzt, wie Arme und Beine seiner Nico zappelnd gen Himmel gereckt waren, während Bettina versuchte, zu Bille vorzurobben. In der nächsten Kurve kam der Wagen ins Schleudern, rutschte hinten weg und räumte drei Parkuhren, einen Zeitungsständer und ein halbes Dutzend Lorbeerbäumchen ab.

„So helft uns doch, verdammt noch mal!“ schrie Bille zwischen Wut und Verzweiflung in die aus Einfahrten und Türen gaffende Menge. „Ist denn keiner hier, der ...“

Sie hatte noch nicht ausgesprochen, als sich aus der Menschentraube, die das Kaufhausportal verstopfte, eine mächtige Gestalt löste. Bille erkannte aus den Augenwinkeln den gewaltigen Schnauzbart und die vollmondhelle Glatze Ignaz' des Schrecklichen. Er ließ ein paar Einkaufstüten fallen, trabte an, gewann Tempo und schnellte, als die Ponys an ihm vorbeischossen, mit einem gewaltigen Schwung einem Torpedo gleich durch die Luft, um auf dem Rücken des ahnungslosen Zottel zu landen. Mit einer Hand umklammerte er Zottels Nase und drückte sie nach unten, die andere griff nach den Zügeln der Vorderpferde, und nach ein paar wilden Bocksprüngen war das Vierergespann angehalten. Schweißbedeckt und schnaubend standen die Ponys im Schatten des Festzeltes still. Ignaz der Schreckliche rutschte von Zottels Rücken und ging zu Lucky und Rumpelstilzchen vor. Seine großen Hände fuhren so lange gleichmäßig streichelnd über die zitternden Körper der Ponys, bis sie sich völlig beruhigt hatten. Dabei sprach er zu ihnen wie zu kleinen Kindern.

Bille fühlte sich wie eine Achtzigjährige, als sie steifbeinig vom Kutschbock kletterte und zu Zottel und Bongo stakste, um die beiden zu trösten und zu streicheln. Schlapp und mit zitternden Knien hing sie an Zottels Hals. Um die Kutsche herum bildete sich bereits wieder ein dichter Ring Neugieriger. Einige applaudierten.

„Idioten!“ zischte Bille fast unhörbar.

„Nein“, widersprach Ignaz der Schreckliche. „Das war eine Meisterleistung! Daß du sie auf dem Rundkurs gehalten hast – sie hätten genausogut in die nächste Schaufensterscheibe rasen oder das ganze Festzelt zum Einsturz bringen können! Komm, ich bringe euch erst mal hier weg.“

Wunderdoktor Johnny

Ignaz der Schreckliche nahm Rumpelstilzchen beim Zügel und führte den Viererzug vom Platz. Die Menschenmenge wich vor ihm zurück und schloß sich hinter der Kutsche zu einer dichten Mauer zusammen, einer Mauer mit hundert Gesichtern, gierig gereckten Hälsen, Augen, hungrig auf eine Sensation.

„Meine Großmutter würde sagen: ‚Haltung, mein liebes Kind!‘“ Bettina rappelte sich auf und begann die Trümmer zusammenzuräumen. „Los, Nico, laß uns wenigstens noch einen überzeugenden Abgang zustande bringen!“

„Mir ist schlecht.“

„Das macht nichts."

„So", sagte Ignaz der Schreckliche, als sie den Hof erreicht hatten. „Macht das Tor zu, und dann seht, ob eine eurer Flaschen heil geblieben ist, und trinkt einen ordentlichen Schluck. Das wird euch wieder auf die Beine bringen. Tom und ich kümmern uns um die Pferde. Scheint einigermaßen glimpflich abgegangen zu sein."

Tom, der – einen Berg Kamera-Prospekte auf dem Schoß – im Transporter gesessen hatte, schaute fassungslos auf das, was von der reichgeschmückten Kutsche übriggeblieben war, und es dauerte etwas, bis er die Zusammenhänge begriffen hatte. Inzwischen war auch Florian erschienen, hatte Happy und Whisky stehenlassen und war zu seiner Nico gestürzt, um die scheinbar Blutüberströmte in die Arme zu schließen. Zu seiner Erleichterung stellte er fest, daß sie nur allzu nahe Bekanntschaft mit Rotwein und blauen Trauben gemacht hatte.

Als letzter fegte Herr Klönke in den Hof, händereibend und applaudierend, wirbelte von einem zum anderen und gab einen Lagebericht.

„Großartig, Kinder, großartig! Wir können es uns gar nicht besser wünschen! Die Leute sind so beeindruckt von eurer Show, daß sie nach unserem Wein Schlange stehen!"

Bille, die sich auf den Schreck hin gerade das zweite Glas Rotwein einschenkte, setzte verblüfft die Flasche ab.

„Sie wollen damit doch nicht sagen, daß die Leute das Ganze für eine gut einstudierte Nummer gehalten haben?"

„Die Meinungen darüber gehen auseinander. Die meisten haben gar nicht richtig mitgekriegt, was los war; jeder erzählt etwas anderes. Das ist ja gerade das Gute! Nicht einer, der nicht einen kräftigenden Schluck nötig hätte, um die Sensation in Ruhe besprechen zu können und neue Einzelheiten zu erfahren. Das Festzelt ist zum Bersten gefüllt! Noch eine

Stunde, und wir sind total ausverkauft!"

„Dann gib mir noch einen Schluck", sagte Bettina trocken. „Am Ende nimmt er die Flasche noch mit!"

Aber Herr Klönke wirbelte bereits wieder weiter.

„Na?" Ignaz der Schreckliche trat zu ihnen heran. „Ist alles in Ordnung – oder müssen wir einen Arzt holen?"

„Was Bettina und Nico betrifft", sagte Bille, „da sind Tom und Florian die besten Ärzte. Und ich fühle mich nach dieser Medizin wie neugeboren. Noch ein Glas, und ich singe euch eins. Aber wie geht's den Ponys?"

„Einigermaßen. Zum Glück ist nichts Schlimmes passiert. Sie haben ein paar leichte Prellungen, und Lucky hat einen bösen Bluterguß und eine kleine Schürfwunde auf dem Rücken, aber das ist bald kuriert. Du hast unheimliches Glück gehabt, Bille! Und gefahren bist du wie der Teufel. Jedem anderen wären wahrscheinlich Deichsel und Wagen zu Bruch gegangen."

„Ja", Bille schwenkte ihren Becher mit Wein übermütig, „gewußt wie! Ich war im vorigen Leben mal Postkutscher im Wilden Westen."

„So ungefähr sah es aus, ja!"

„Angst gehabt habe ich eigentlich nur in einem Augenblick – als ich sah, wie der Plakatwürfel von Florians Wagen auf uns zusegelte. Zum Glück schoß er über die Rücken der Ponys hinweg und ging irgendwo neben dem Festzelt runter. Danach hatte ich nur noch einen Gedanken: Halten? Festhalten, bis sie sich müde gelaufen haben und von selbst langsamer werden. Und als ich Sie dann auftauchen sah, Herr Albert, wußte ich, jetzt kann mir nichts mehr passieren. Ein toller Sprung!"

„Gewußt wie", sagte Ignaz der Schreckliche, ihr beliebter Lehrer, grinsend. „Ich war im vorigen Leben Postkutschenräuber im Wilden Westen."

„Gewußt wie!“ sagte Ignaz der Schreckliche lachend

Tom hatte die Ponys ausgeschirrt, und gemeinsam führten sie einen nach dem anderen in den Transporter. Alle vier waren jetzt todmüde und stolperten bei jedem Schritt. Lucky mußte fast die Rampe hochgetragen werden, sie konnte sich kaum noch rühren.

„Ich rufe den Tierarzt an und bitte ihn, gleich nach Groß-Willmsdorf zu kommen“, sagte Ignaz der Schreckliche. „Vielleicht ist er schon dort, wenn wir ankommen. Fahrt nur schon los, ich komme so bald ich kann hinterher.“

„Ich muß auf Johnny warten“, sagte Florian. „Ein Segen, daß Happy und Whisky das Abenteuer so gut überstanden haben. Sie sind nur aus Höflichkeit ein bißchen mitgaloppiert.“

„Ich bleibe natürlich bei dir!“ sagte Nico. „Vielleicht können wir auf einen Sprung ins Festzelt schauen und etwas trinken.“

Florian räusperte sich amüsiert.

„Du solltest erst mal in den Spiegel schauen. Du siehst aus, als wärst du Graf Dracula zwischen die Beißer geraten!“

„Glaubst du, ich bin blöd?“ maulte Nico. „Hier wird's ja wohl irgendwo Wasser und Seife geben. Und das Kostüm ziehe ich sowieso aus, ich hab meine Jeans und einen Pulli mitgenommen. Schließlich war ich auf Feiern eingestellt!"

Bille, Bettina und Tom fuhren los, und als sie in Groß-Willmsdorf vor dem Stall hielten, erwartete sie bereits der Tierarzt. Steifbeinig hinkten die Ponys in ihre Boxen und wurden einer nach dem anderen gründlich untersucht.

„Achmed, hol schon mal die essigsaure Tonerde aus dem Arzneischrank", bat Bille den türkischen Stallhelfer, der entsetzt auf Luckys Bein starrte. „Wir müssen Umschläge machen."

„Ja, wir müssen sehen, daß wir erst mal den Bluterguß wegbringen", sagte Dr. Dörfler, „dann reden wir weiter. Ich glaube, der Schock ist größer als die Verletzung. Ich gebe ihr eine Spritze, und sie bekommt Umschläge, bis die Schwellung zurückgegangen ist. Mach dir keine Sorgen, ein paar Tage Ruhe für alle, und die Sache ist vergessen. Ich schaue auf jeden Fall morgen wieder vorbei."

Dr. Dörfler schien recht zu behalten. Schon am übernächsten Tag war Zottel, Bongo und Rumpelstilzchen von dem Abenteuer kaum noch etwas anzumerken. Luckys Schürfwunde auf dem Rücken war fast verheilt, und die Schwellung ging deutlich zurück. Trotzdem schien die Stute starke Schmerzen zu haben, so daß ihr der Tierarzt einen Salbenverband machte.

„Wir müssen Geduld haben, das dauert schon noch ein paar Tage."

Am nächsten Tag wurde Achmed krank. Seit einiger Zeit war er stark erkältet gewesen und hatte gehustet, aber alle Ermahnungen, zum Arzt zu gehen, hatte er energisch von sich gewiesen. Nun hatte er fast vierzig Fieber, und Ignaz der Schreckliche packte ihn kurz entschlossen ins Auto und fuhr ihn ins Krankenhaus. Lungenentzündung, hieß es, und man behielt ihn gleich da.

Johnny der Indianer war nicht der Mann, der seine Arbeitsstunden nachzählte oder auf geregelter Freizeit bestand – ohne ein Wort zu verlieren, übernahm er Achmeds Arbeit mit. So kam es, daß er nicht viel Zeit fand, sich um Lucky zu kümmern. Er massierte sorgsam den verletzten Fuß, gab von seiner Spezialsalbe auf die kranke Stelle, sprach ihr Mut zu und ließ sie in Ruhe. Hin und wieder nahm er sie am Halfter und führte sie vorsichtig prüfend ein Stück, aber da er sah, daß sie immer noch lahmte und ihr das Laufen Schwierigkeiten machte, führte er sie bald zurück in die Box.

„Mußt Geduld haben, Mädchen, das wird schon wieder."

Er streichelte ihr den Kopf, kraulte ein wenig die Mähne, aber seine Gedanken waren bei der Arbeit. Er hatte keine Zeit, der kranken Isländerstute lange Gesellschaft zu leisten.

Die Schüler des Internats schauten täglich nach Lucky, brachten ihr Leckerbissen und trösteten die Stute, die schicksalsergeben, ohne sich zu rühren, mit hängendem Kopf in der Box stand und alle Freude am Leben verloren zu haben schien.

Die Schmerzen in Luckys Bein – dem man äußerlich nichts mehr ansah – schienen nicht besser zu werden. Lucky wurde zum Röntgen gefahren. Bille begleitete Reitlehrer Toellmann zur Tierklinik, da Johnny im Stall gebraucht wurde. Schwerfällig stolperte Lucky vorwärts, jeder Schritt schien ihr Mühe zu bereiten. Doch geduldig ließ sie alles mit sich geschehen.

Als der Tierarzt die fertige Aufnahme gegen das Licht hielt, schüttelte er den Kopf.

„Alles in Ordnung, es ist absolut nichts zu sehen. Schauen wir uns mal die anderen Beine an."

Aber auch die Aufnahmen der anderen Beine gaben keinen Aufschluß über den Grund von Luckys Lahmheit. Kein krankhafter Befund, alles normal, war das Urteil.

„Was kann es denn nur sein?" Bille kraulte Lucky zärtlich

das Fell. „Sie kann doch unmöglich noch unter dem Schock leiden? Man sieht ja, daß sie beim Laufen Schmerzen hat!"

Weiter beobachten, hieß es. Salbenverbände. Vielleicht würde Bestrahlung nützen? Und immer wieder vorsichtig ein bißchen führen ...

Zu Hause wälzte Bille alle Bücher und Lexika, in denen etwas über Pferdekrankheiten und Verletzungen stand. War es ein Kronentritt? Hatte sich eine Hufrollenentzündung entwickelt? Die war unheilbar, damit wäre Luckys Schicksal besiegelt. Oder doch eine Sehnenscheidenentzündung? Nageldruck konnten sie ausschließen, auch eine Infektion konnte es nicht sein. Lucky war absolut nichts anzusehen, sie machte äußerlich den Eindruck eines gesunden Pferdes. Das Ganze war ein Rätsel.

Auch in den folgenden Tagen besserte sich Luckys Zustand nicht, im Gegenteil.

„Es hat keinen Sinn, Bille", sagte Herr Tiedjen, als sie gemeinsam vor Luckys Box standen. „Sie quält sich von Tag zu Tag mehr, und der Tierarzt kann nicht feststellen, was ihr fehlt. Ich glaube, es ist besser, wenn wir sie von ihren Schmerzen erlösen."

„Du willst sie töten lassen?" Es war wie ein erstickter Schrei. „Nein! Nein, Daddy, bitte, es muß doch noch eine Möglichkeit geben! Ich kann einfach nicht glauben, daß sie ..., und ich bin schuld daran, das ist das Schlimmste."

Herr Tiedjen legte Bille den Arm um die Schultern und zog sie sanft an sich.

„Ich weiß, wie dir zumute ist, Kind. Aber glaub mir, es ist das Beste so. Du brauchst dir keine Vorwürfe zu machen; von Schuld kann keine Rede sein, eher von einem unglücklichen Zufall. Aber es wäre unverantwortlich, sie länger als nötig leiden zu lassen."

Für den Rest des Tages sprach Bille kein Wort mehr. Wie

eine Schlafwandlerin ging sie durch Hof und Ställe, machte ihre Arbeit, longierte und ritt, half beim Füttern und Putzen – aber in ihrem Kopf hatte nur ein Gedanke Platz: Lucky darf nicht sterben! Lucky muß gesund werden!

Spät am Abend klopfte Bille an Johnnys Zimmertür.

Der Indianer lag, erschöpft von zwölf Stunden ununterbrochener Arbeit, angezogen auf dem Bett, die Füße mit den dreckverkrusteten Stiefeln auf die hölzerne Rückwand des Bettes gestützt, die Augen geschlossen.

„Johnny? Darf ich dich einen Augenblick stören? Ich muß mit dir reden!"

Der Indianer fuhr hoch und setzte sich schlaftrunken auf.

„Oh, du bist's! Entschuldige, Mädchen, ich war nur ein bißchen eingenickt, wollte einen Augenblick verschnaufen. Hab so Schwierigkeiten mit meinen Füßen bei dem Wetter. Warte, ich mach uns einen Tee."

„Du arbeitest viel zuviel! Höchste Zeit, daß Achmed zurückkommt. Bleib sitzen, den Tee mache ich, dabei können wir uns unterhalten."

Bille setzte Wasser auf und holte die Teekanne und die Becher aus dem Regal.

„Es geht um Lucky", sagte sie bedrückt. „Daddy will sie töten lassen, weil sich ihr Zustand nicht bessert. Ich kann den Gedanken einfach nicht ertragen . . ." Das Schluchzen, das seit Stunden wie ein Brocken in ihrer Kehle steckte, brach heraus.

„Er will sie töten lassen? Aber das ist doch . . ."

Johnny war mit einem Schlag hellwach.

„Du lieber Himmel, ich habe mich viel zuwenig um sie gekümmert! Wußte ja vor Arbeit nicht, wo mir der Kopf stand. Nein, das ist unmöglich, das dürfen wir nicht zulassen. Der Teufel hole alle Ärzte, jetzt werden wir die Sache in die Hand nehmen. Komm!"

„Was willst du tun?“

„Mit ihr sprechen. Hätte ich längst tun sollen. Hab viel zu lange dem Tierarzt geglaubt. Man weiß ja, so eine Entzündung im Bein, das braucht seine Zeit, da muß man Geduld haben. Aber wenn die Sache so ist... Komm mit, den Tee können wir später trinken.“

Bille folgte dem Indianer in den Stall. Er hatte das Licht nicht angeschaltet, sicher wie eine Katze bewegte er sich durch die Dunkelheit.

„Schließ die Stalltür ab, wir können keine Störung gebrauchen. Um diese Zeit kommt zwar niemand, aber sicher ist sicher.“

Bille gehorchte. Der Indianer wartete, bis sie die Tür verschlossen hatte, dann trat er zu Lucky in die Box.

„Setz dich da drüben hin. Und misch dich nicht ein, kein Wort, hast du verstanden?“

Bille nickte stumm. Allmählich gewöhnten sich ihre Augen an das Dunkel. Der Mond sandte einen schmalen Lichtstreifen durchs Fenster, er streifte den Kopf der Stute und malte eine kleine Lichtinsel ins Stroh neben ihr. Genau hier ließ sich der Indianer mit gekreuzten Beinen nieder, wandte sein Gesicht dem Mond zu und schloß die Augen. Bille kauerte sich in ihrer Ecke zusammen und beobachtete, wie sein Gesicht sich veränderte, einen Ausdruck bekam, so fremd und entrückt, daß ihr Herz hart zu klopfen begann. Eine ganze Weile saß er da, wie in tiefer Trance, dann fingen seine Lippen an unhörbare Worte zu formen, und schließlich begann er zu singen. Eigenartige, nie gehörte Töne hingen in der Luft, die von sehr weit her zu kommen schienen. Bille fühlte sich schwindlig und wie benommen.

Lange sang der Indianer. Billes Rücken schmerzte, ihre Beine waren eingeschlafen, aber sie wagte sich nicht zu rühren. Endlich schwieg Johnny, sein Kopf wandte sich der

Regungslos verharrten der Indianer und die kranke Stute

Stute zu, er sah ihr in die Augen. Wie bittend hatte er ihr die offene Handfläche hingestreckt, und Lucky legte ihr weiches Maul hinein, als wolle sie sich bei ihm aufstützen. So verharrten die beiden regungslos. Bille schien es eine Ewigkeit. Endlich lachte der Indianer leise und begann Lucky zu streicheln und zu kraulen. Seine Hand tastete vorsichtig den Hals hinauf, dann stand er auf und befühlte sacht ihren Rücken.

Plötzlich bäumte sich die Stute auf und schrie. Bille erschrak so, daß sie entsetzt hochfuhr. Der Indianer lachte zufrieden.

„Da ist es also. Warte, mein Mädchen, das kriegen wir bald in Ordnung! In drei Tagen bist du gesund – ich rufe gleich den Doktor an."

Der Indianer verließ die Box, und Bille folgte ihm benommen.

„Komm, wir haben keine Zeit zu verlieren. Wir müssen den Tierarzt anrufen. Und dann fahren wir noch mal in die Klinik mit ihr."

„Jetzt? In der Nacht? Da werden sie nicht besonders glücklich sein. Was ist denn los?"

„Das wirst du gleich hören."

Der Indianer ging zum Stalltelefon, schaltete das Licht an und wählte die Nummer Dr. Dörflers.

„Hallo, Doktor, entschuldigen Sie die Störung, aber es ist wichtig. Johnny ist hier, Johnny aus Groß-Willmsdorf. Es geht um die Isländerstute. Ich hab's gefunden. Es sind nicht die Beine! Ein Splitter ist es, ein Holzsplitter neben der Wirbelsäule! Er muß eingedrungen sein, als die Plakatwand über ihren Rücken schrammte. Die kleine Schürfwunde, Sie erinnern sich. Ist längst verheilt, man sieht nichts davon, aber der Splitter steckt drin und bereitet ihr die Schmerzen. Woher ich das weiß? Sie hat es mir erzählt."

Wie skeptisch der Tierarzt auch sein mochte, seine Neugier siegte. Lucky wurde noch einmal zum Röntgen gefahren und tatsächlich – es war, wie Johnny gesagt hatte. Der Splitter wurde herausoperiert, und nach wenigen Tagen war Lucky wieder völlig gesund.

Niemand außer den Beteiligten erfuhr davon, Johnny wollte nicht, daß darüber gesprochen wurde. Aber Bille war es, als sei sie in dieser Nacht mit unerwartetem Reichtum beschenkt worden.

Eine Überraschung für Bille

Die sonnigen Spätherbstwochen machten über Nacht dem Winter Platz. Sturm und Schneeregen fegten über die Felder und erinnerten daran, daß in wenigen Wochen Weihnachten war. Im Internat begann man sich den Kopf über Geschenke und Bastelarbeiten zu zerbrechen, der Chor suchte die Noten von Hirtenliedern und Advents-Chorälen heraus und probte ein weihnachtliches Singspiel.

Überall wurde eifrig diskutiert, wie man die Adventszeit im Reiterinternat Groß-Willmsdorf gestalten sollte. Eine Nikolausfeier? Ein Julklapp? Wie wär's mit einem Wettbewerb um den schönsten Adventsschmuck, das am hübschesten dekorierte Zimmer? Und wie sollte der Elternbesuchstag gefeiert werden? Gab es vielleicht vergessene weihnachtliche Bräuche, die man zum Leben erwecken konnte? Gar solche, in denen Pferde eine Rolle spielten?

Zur gleichen Zeit vergrößerte sich die Anspannung im Schulunterricht. Die ersten Zeugnisse standen vor der Tür. Wer sich bis jetzt das Leben leichtgemacht hatte, begann zu pauken, was das Zeug hielt. Arbeitsgemeinschaften fanden sich zusammen, Nachhilfelehrer waren höchst begehrt. Auf Ausritten hörte man die Vokabeln wie Beschwörungsformeln flüstern, und beim Putzen oder Füttern fragte man sich Grammatikregeln oder Physiklehrsätze ab.

Ignaz der Schreckliche machte seinem Namen nun wieder alle Ehre und nahm seine Schüler hart an die Kandare. So sehr sie seine Qualitäten als Reiter und Pferdenarr schätzten, als Lehrer fürchteten ihn alle, seine Ironie, seine spitzen Bemerkungen, seine Röntgenaugen, denen auch nicht die kleinste Mogelei entging. Manche behaupteten sogar, er könne hellsehen, da er mit Sicherheit denjenigen aufrief, der seine Lektion nicht oder nur schlecht gelernt hatte. Trotzdem mochten ihn die Schüler.

Bei so viel anstrengender Arbeit brauchte man einen Ort, an dem man sich zusammenfinden konnte, wenn man einer Aufmunterung bedurfte. Dieser Ort war das Zimmer des Indianers. Johnny, an Enge gewöhnt, hatte nichts dagegen, wenn Besucher Schulter an Schulter dichtgedrängt bei ihm auf dem Fußboden saßen, Tee tranken, Nüsse, Äpfel und Plätzchen vertilgten, die sie in großen Mengen bei ihm anschleppten, und seinen Geschichten lauschten. Manchmal spielte er auch auf seiner Gitarre und sang mit heiserer, fremdartiger Stimme Lieder in Sprachen, die sie nicht kannten, Lieder, die an weite Steppen und einsame Berglandschaften erinnerten.

Aber meistens mußte er vom Zirkus erzählen, von den Ländern und Städten, durch die er gereist war, von klugen Dressurpferden und gefährlichen Raubtiernummern, von berühmten Clowns und gewagten Trapezkünsten und von den vielen kleinen Dramen am Rande des Zirkuslebens.

Tiergeschichten, Menschengeschichten – Johnny schien einen unerschöpflichen Vorrat zu besitzen. Manchmal fand sich zu diesen Zusammenkünften auch der eine oder andere

Lehrer ein. Dann konnte es vorkommen, daß ein Streit, den es am Morgen im Klassenzimmer gegeben hatte, mit Johnnys Hilfe geschlichtet wurde. Oder daß der Lehrer aus seinem Leben erzählte – und das waren dann auch meistens Pferdegeschichten.

Nach solchen Stunden halfen alle gemeinsam, Johnnys Arbeit im Stall zu erledigen. Da gingen die Gespräche von Box zu Box weiter, und es wurde gelacht und gesungen.

Achmed war aus dem Krankenhaus zurückgekehrt und wie ein verlorener Sohn aufgenommen worden. Er schwärmte von einer blonden Krankenschwester namens Martha und hatte mindestens drei Dutzend Wörter dazugelernt, von denen die meisten einem herzergreifenden Liebesroman zu entstammen schienen.

Bille, Bettina und Florian, deren Arbeit mit den Pferden sich auf der anderen Seite des Hofes abspielte, in der fast klösterlichen Ruhe des Tiedjenschen Stalles und der alten Reithalle, kamen so oft wie möglich zu diesen nachmittäglichen Teestunden. Da Simon und Tom, nun in der Endrunde ihres Abiturjahres, in strenge Klausur gegangen waren und wenig Zeit für Bille und Bettina hatten, kamen den Mädchen die vergnügten Zusammenkünfte im Schulstall gerade recht.

Zottel, der früher kaum von Black Arrows Seite gewichen war, hatte jetzt ständiges Gastrecht bei seinen Zirkuskollegen und hielt sich am liebsten in Happys Gesellschaft auf, vielleicht weil die Stute ihm von den dreien am ähnlichsten war – wenn auch Happy gescheckt war wie eine noch nicht reife Kastanie, während sein eigenes Fell aussah, als wäre ein feiner Regen aus roter Farbe über ihm niedergegangen und hätte ihn mit einem gleichmäßigen Tupfenmuster verziert.

„Gehst du noch nicht rüber zu Johnny?“ fragte Tom Bille eines Nachmittags. „Zum Nikolaustee?“

„Später, ich muß noch Black Arrow reiten. Schade, ich

werde nicht mehr viel von der Feier mitbekommen. Und du? Wolltest du nicht mitkommen?"

„Eigentlich schon, aber ..., ich hab den Kopf so voll. Ich brüte da über einem Thema für ein Referat, weißt du, ich brauche Ruhe. Sag mal, wie wär's, wenn ich Black Arrow für dich reite, und du gehst schon mal rüber?"

„Du willst Black Arrow reiten? Ich denke, du brütest über einem Referat?"

„Das ist es ja eben. Wenn ich so allein in der Halle bin, kann ich am besten nachdenken."

„Na schön, wenn du meinst ..., und es wird dir bestimmt nicht zuviel? Immerhin hast du heute schon drei Pferde geritten!"

„Nein, nein, geh nur."

Tom schob Bille zum Stall hinaus, als könne er sie nicht früh genug loswerden.

„He, meine Sachen! Laß mich wenigstens noch meine Jacke und meine Tasche holen! Ich hab doch für die Feier extra Lebkuchen mitgebracht, selbstgebackene von Mutsch. Magst du einen probieren?"

„Später, heb mir einen auf. Und nun geh."

„Was ist eigentlich los? Willst du mich rausschmeißen?"

„Quatsch, ich will nur nicht, daß du zu spät kommst."

Kopfschüttelnd verließ Bille den Stall und ging zum Schulstall hinüber. Was war nur mit Tom los? Hatte er ein heimliches Rendezvous? Mit einer neuen Freundin – während Bettina und sie ahnungslos drüben mit den anderen Nikolaus feierten? Das sollte er ja nicht wagen! Aber, nein, es waren wohl nur die Nerven. Simon spielte neuerdings auch manchmal verrückt, das Abitur belastete sie doch sehr.

Für diesen besonderen Tag hatten die Internatsschüler im Unterrichtsraum des Stalles die Tische zusammengerückt und lange Tafeln gedeckt, die mit Kerzen und Adventsgebinden geschmückt waren. Die Tür zur Stallgasse stand weit offen, und bis in die Boxen drang der Duft von Weihnachtsgebäck, Äpfeln und Tannengrün.

Die Internatsköchin hatte Kannen voll Kakao spendiert und die schönsten Äpfel aus ihrem Vorratskeller geholt. Jeder der Schüler trug etwas zu der Feier bei. Honigkuchen gab es und Dominosteine, Schokoladenprinten, Zimtsterne, Mandellebkuchen und Anistaler. Beppo, dessen Eltern einen Früchtegroßhandel betrieben, steuerte Orangen und ein ganzes Arsenal an getrockneten Früchten und Nüssen bei, und Peter brachte von seiner Mutter selbsthergestelltes Marzipan mit. Die Gaben wurden in Körbe verteilt und auf die Tische gestellt. Auf Fensterbrett und Schränken lagen für später Flöten und Gitarren griffbereit.

„Herr Albert, Sie hier?“ fragte Beppo grinsend Ignaz den Schrecklichen. „Ich glaubte, Sie würden uns später als Nikolaus besuchen!“

„Das könnte Ihnen so passen!“ Ignaz der Schreckliche lachte dröhnend. „Ich schwitze unter einem dicken roten Mantel, und Sie haben inzwischen die Körbe leer gegessen. Kommt nicht in Frage!“

„Der Nikolaus kommt doch nur zu kleinen Kindern“, meinte Franca. „Wer möchte Tee, wer Kakao? Nico, würdest du bitte Tee einschenken?“

„Wenn ich Minis gierigen Blick auf die Plätzchen sehe, weiß ich genau, was sie denkt!“ rief Bettina lachend. „Vergiß es, Mini, vergiß es ganz schnell! Mehr als einen Apfel darfst du Luzifer auch am Nikolaustag nicht geben!“

„Nimm's nicht so tragisch, Mini, das Leben ist hart“, tröstete Peter die Kleine. „Du wirst Luzifer den Verzicht durch zusätzliche Streicheleinheiten leichter machen!“

„Dabei ist er schon so dünn geworden!“ protestierte Mini. „Ihr habt ja alle keine Augen im Kopf!“

„Klar! Man kann schon sämtliche Rippen zählen! Der Arme kann einem wirklich leid tun, wenn man bedenkt, wie schwer er an Mini zu tragen hat!“ spottete Martin, ein Klassenkamerad Minis, der etwa den dreifachen Umfang besaß.

„Da kommt Johnny! Platz nehmen, Kinder, der Kakao wird kalt!“

„Setzt euch, so lange ihr Platz findet, Freunde!“ Beppo klatschte in die Hände. „Na los, rückt zusammen! Erst wenn ihr so eng aneinanderklebt wie der Schenkel am Pferd, wird es gemütlich. Der Rest setzt sich unter die Tische.“

„He, Jörg, paß auf, daß dein Teller nicht überläuft! Die anderen wollen auch was!“

„Wer tauscht mit mir? Ich wollte Kakao und hab Tee bekommen.“

„Hier, gib her!“

„Mann, das Marzipan ist ja Spitze!“

„Wenn einer seine Zimtsterne nicht mag – alle zu mir, ich vernichte sie!“

„Hast du die Makronen probiert? Die sind toll. Und ganz saftig!“

„Mir zu süß, ich mag die Anistaler lieber. Ist noch Kakao in der Kanne?“

„Warte, ich hole Nachschub!“

So scholl es durcheinander.

Fast unbemerkt war Herr Hütter, der Direktor, eingetreten und hatte sich neben Johnny an den Tisch gesetzt. Allmählich legte sich der Ansturm auf den Inhalt der Körbe. Einer der Jungen nahm seine Gitarre und intonierte ein Weihnachtslied, ein paar Stimmen fielen ein, und bald sangen sie alle Hirten- und Marienlieder, Lustiges und Besinnliches. Auf deutsche Lieder folgten englische und französische, und schließlich steuerte Johnny ein paar indianische Lieder bei, die er von seiner Mutter gelernt hatte.

Sie waren so versunken, daß sie die schweren Schritte in der Stallgasse gar nicht hörten. Erst als hart an den Türpfosten geklopft wurde, sahen sie auf.

„Ich werd nicht wieder, der Nikolaus!" platzte Mini erschrocken heraus. „Au weia."

Alles lachte, und der wallende, weiße Bart des Besuchers wippte seinen grimmigen Blicken zum Trotz ganz unkontrolliert auf und ab.

„Na, da haben wir sie ja, die pflichtvergessene Bande!" grollte der Nikolaus und setzte ächzend seinen scheinbar zentnerschweren Sack ab, dessen Inhalt hauptsächlich aus Stroh bestand. „Was ist mir da in meiner himmlischen Ruhe nicht alles zugetragen worden! Meine Engelchen mußten Überstunden machen, um das Sündenregister zu schreiben!"

„Ruhe!" donnerte der Nikolaus. „Ihr seid noch nicht dran!"

5 8393-8

Bei diesen Worten zog er eine Papierrolle aus dem Ärmel und entfaltete sie umständlich. Sie reichte bis auf den Boden.

„Das ist doch Tom!“ wisperte Bille Bettina ins Ohr. „Hast du das gewußt?“

„Keine Spur! Kein Wort hat er gesagt!“

„Ruhe!“ donnerte der Nikolaus. „Ihr seid noch nicht dran. Ist hier ein Knabe namens ..., namens ... Florian? Florian Hütter?“

„Hier!“ brüllte Florian.

„Heißt du Hütter?“

„Äh ... nein.“

Direktor Hütter stand ergeben auf.

„Das bin ich. Was habe ich verbrochen?“

„Na, da haben meine Engel ja voller Scham das Antlitz verhüllt! Florian Hütter, hier steht, daß du immer wieder dabei ertappt worden bist, Pferde bis zur Erschöpfung galoppieren zu lassen? Und das – ich wage es kaum auszusprechen – einmal sogar über einen frisch bestellten Acker? Was hast du dazu zu sagen?“

„Verzeihung, verehrter Nikolaus, was das Galoppieren anbetrifft, bin ich mir keiner Schuld bewußt. Ich lasse mein Pferd laufen, so lange es ihm Spaß macht. Manchmal macht es ihm sehr lange Spaß. Was nun den frisch bestellten Acker angeht, da bekenne ich mich schuldig. Es tut mir sehr leid, es war schon dämmerig, und ich habe es nicht gesehen.“

„Soso.“ Der Nikolaus strich sich den Bart. „Dann wirst du heute abend hundertmal den Satz schreiben: ‚Ein Haferfeld ist keine Galopprennbahn, auch wenn mein Pferd das Gegenteil behauptet.‘“

„Hundertmal?“

„Na schön, meine himmlische Güte ist grenzenlos. Neunundneunzigmal. Nun, wen haben wir denn hier, einen ... einen schrecklichen ... äh, schrecklich komplizierten

Namen, Ignaz …, ist hier ein Ignaz Albert?"
„Hier." Ignaz der Schreckliche erhob sich und rang reuevoll die Hände, während er verschämt auf seine Schuhspitzen sah.
„Ist durchs Fenster in ein Blumenbeet gesprungen und hat einen Strauch niedergewalzt. Außerdem zweiundsiebzigmal rücksichtslos einen schlafenden Schüler geweckt und mit Fragen in tiefe Seelenpein gestürzt. Zu seinen Gunsten spricht ein Hechtsprung, mit dem er ein fliehendes Vierergespann zum Stehen gebracht hat. Na, dann wollen wir ihm mal die Strafe erlassen, und er bekommt etwas von meinen Gaben."
Der Nikolaus wühlte in den Tiefen seines Sackes und brachte einen Zitronenlolly zutage, den er Ignaz dem Schrecklichen vor die Nase hielt.
„Ich hoffe, du kannst wenigstens ein Gedicht aufsagen?"
„O ja, natürlich!"
„Sehr schön, aber behalt es für dich. Ei, wen sehe ich denn da! Einen gewissen Giuseppe Santini, genannt Beppo. Ist im Stall beim Rauchen erwischt worden, ja pfui Teufel! Ist es denn zu glauben! Aber es kommt noch schlimmer! Zwei Tage später hat er ein Mädchen verführt …, zum Rauchen!" brachte der Nikolaus stirnrunzelnd die kichernde Runde zum Schweigen. „Das scheint mir ja ein ganz ausgekochtes Früchtchen zu sein! Das ist schon eine ganze Früchte-Großhandlung! Beppo, komm her und knie nieder, da hilft nur noch die Rute …"
Einer nach dem anderen kam an die Reihe. Bald konnte der Nikolaus im allgemeinen Gelächter kaum noch die grimmige Miene bewahren.
„Ich bin gespannt, was er mit uns vorhat!" flüsterte Bille. „Wir sind die letzten."
„Hier ist etwas sehr, sehr klein gekritzelt", sagte der Nikolaus endlich und hob das Ende des Zettels dicht vor die

Augen. „Schlecht geschrieben, der Engel hat eine strenge Rüge verdient. Wer weiß, wo der Junge seine Augen gehabt hat! Bettina? Bettina, na also! Und was steht da? Sie hat sich schon dreimal geweigert, ihren Freund auf einen Ausritt zu begleiten, mit den Worten: ‚Bei dem miesen Wetter? Ich bin doch nicht lebensmüde!' Aber, aber! Ist das vielleicht ein Beispiel liebevoller Hingabe? Und hier steht noch etwas, na, ich werde ja rot vor Scham! Sie hat zu ihrem Freund gesagt: ‚Wenn du weiter so frißt, bist du bald so fett wie Bongo!' Also, diese junge Dame wird bei mir nachsitzen müssen! Das ist ein ganz schwerwiegender Fall von Lieblosigkeit! Sie wird eine Lektion in himmlischer Nachsicht bekommen. – Sibylle Abromeit!"

„Hier!" Bille schoß lachend hoch.

„Das Lachen wird dir gleich vergehen, mein liebes Kind. Bei deinen Sünden haben die Engel nämlich gleich drei Ausrufezeichen gemacht. Sie trainiert im Stadtgebiet in der Fußgängerzone mit einem Viererzug fürs Galopprennen! Wirft mit Weinfässern! Vernachlässigt die elterliche Aufsichtspflicht ihrem Pony Zottel gegenüber, so daß dieses in schlechte Gesellschaft geraten und sich sinnlos betrinken kann! Na, ich will nicht alles vorlesen, sonst sitzen wir morgen früh noch hier. Ich will dir nur deine Strafe verkünden: Du gehst auf der Stelle zum alten Pferdestall rüber und bringst die vorletzte Box rechts im ersten Gang in Ordnung. Aber tipp-topp. Ich gebe dir genau eine Stunde Zeit. Wenn ich mit deiner Arbeit zufrieden bin, werden wir deine Sünden erlassen."

„Sofort!" Bille machte eine eifrige Verbeugung und warf Bettina einen fragenden Blick zu.

„Eine Box putzen? Da steckt doch was dahinter?" flüsterte sie.

„Versteh ich nicht. Die Box hat Tom in Ordnung gebracht. Vielleicht hat er ein Geschenk für dich dort versteckt?"

„Na? Ich warte!" brummte der Nikolaus.
„Ich geh ja schon, ich fliege!"

Sie flog tatsächlich. Bille war so neugierig geworden, daß sie im gestreckten Dauerlauf zum alten Stall hinüberrannte. Atemlos kam sie an der Stalltür an. Drinnen hörte sie Stimmen. Da standen Herr Tiedjen, der Tierarzt, der alte Petersen und Hubert. Wir erwarten doch kein Fohlen, schoß es Bille durch den Kopf, noch dazu in Lohengrins Box!

Lohengrins Box! Bille kam ein Verdacht. Mit einem Sprung war sie bei den vier Männern und schaute ihnen über die Schulter. Herr Tiedjen drehte sich lächelnd zu ihr um.

„Na? Zufrieden mit mir? Den wolltest du doch schon immer gern nach Hause holen. San Pietro, einer unserer vielversprechendsten Söhne! Dein Wunsch ist in Erfüllung gegangen. Ganz plötzlich hatte ich die Möglichkeit, ihn zu kaufen. Ich hoffe, er macht seinem Vorgänger Ehre. Morgen darfst du ihn ausprobieren. Du warst die letzte, die Lohengrin unterm Sattel gehabt hat – du sollst auch die erste sein, die San Pietro reitet. Aber mach dich auf ein hartes Stück Arbeit gefaßt, er ist ein halbes Jahr nur auf der Koppel gewesen. Du wirst ganz von vorn anfangen müssen."

Florentine steht auf Gelb

Bille konnte den nächsten Nachmittag kaum erwarten. Ignaz der Schreckliche wußte, was sie so beschäftigte und zeigte ungewohnte Milde, auch als Bille schon das dritte Mal eine Frage überhört hatte.

„Schwach, mein liebes Kind, sehr schwach. Gehen Sie in sich und beten Sie zum heiligen Petrus um Erleuchtung."

„Zum heiligen Petrus?"

„Nun ja, oder San Pietro, wenn Ihnen das lieber ist."
Bille wurde rot. Sie mußte sich zusammennehmen! Schlamperei im Unterricht konnte sie sich wirklich nicht leisten. Gleich heute abend setze ich mich hin und pauke, schwor sie sich. Heute abend, wenn ich San Pietro geritten habe. Und schon waren ihre Gedanken wieder bei ihm.

Endlich war es soweit. Herr Tiedjen, Tom, Simon, Bettina und Florian begleiteten sie wie eine Ehrenwache, als sie mit dem kupferroten Wallach zur Reithalle hinüberging. Fast ehrfürchtig stieg Bille in den Sattel. Simon und Herr Tiedjen blieben in der Bahn, die anderen verzogen sich rücksichtsvoll auf die Zuschauertribüne, um dieses erste Kennenlernen nicht zu stören.

San Pietro drängte ungeduldig vorwärts, als Bille ihn jetzt am langen Zügel auf dem Hufschlag gehen ließ. Seine Ohren spielten lebhaft, und er sah sich in dieser für ihn neuen Umgebung aufmerksam um. Bille spürte, wie weit und schwungvoll er untertrat, wieviel Kraft in jeder seiner Bewegungen steckte.

„Ich fühle mich wie auf einer Rakete!" rief sie den beiden Männern zu. „Wundert euch nicht, wenn wir zwei gleich das Hallendach durchstoßen. Ich schicke euch dann eine Ansichtskarte vom Mond!"

„Laß ihm nichts durchgehen, er muß sich erst mal richtig lockern. Zeig ihm von Anfang an, wer hier den Ton angibt!" rief Herr Tiedjen.

Das war offensichtlich nicht in San Pietros Sinn; er hatte zwei Tage gestanden, sechs Stunden davon in der Enge des Transporters. Jetzt hatte er Lust, sich auszutoben, und versuchte es mit einer kleinen Rodeo-Einlage.

„Komm, Junge, spinn hier nicht rum. Daß du buckeln und steigen kannst, glaube ich dir auch so!" Bille verstärkte den Schenkelschluß. „Wir sind hier nicht im Zirkus!"

„Oder auf dem Rathausplatz von Neukirchen“, murmelte Tom.

„Unterschätz die Frau nicht!“ rief Simon dem Wallach zu. „Du wirst dich noch wundern!“

Bille brauchte eine ganze Weile, bis sie die volle Aufmerksamkeit des Wallachs auf die Arbeit gelenkt hatte, aber schließlich war dies sein erster Tag in Groß-Willmsdorf; alles war neu für ihn, und er verspürte so wenig Lust auf das Training wie Bille am ersten Schultag nach den Ferien auf den Unterricht.

„Er ist verspielt wie ein junger Hund“, sagte Bille. „Man sollte nicht meinen, daß er schon eine ganze Weile unterm Sattel geht und bereits ein paar Prüfungen hinter sich hat. Wer hat ihn denn geritten? Ich meine, bevor er die lange Pause gehabt hat?“

„Sein voriger Reiter war zu alt für ihn; ich fürchte, er hat ihn sich einfach aus Prestigegründen gekauft. Ein Vorzeigepferd. Am Anfang hat er ihn geritten, wurde nicht fertig mit ihm, dann hat er ihn ein paarmal von einem jungen Bereiter bewegen lassen, hat ihn auch auf ein paar Prüfungen gehen lassen. Der Bereiter zog in eine andere Gegend, er fand keinen neuen – und San Pietro wurde nur noch auf die Koppel geschickt. Zum Glück hat der Besitzer eingesehen, daß es Wahnsinn wäre, ein solches Pferd einfach nur stehen zu lassen, und da er wußte, daß ich interessiert war, hat er ihn mir angeboten.“

Bille grinste.

„Ich wage nicht daran zu denken, was du für ihn bezahlt hast.“

„Ich habe gefeilscht wie ein orientalischer Straßenhändler!“ gestand Herr Tiedjen lachend. „Aber es war ein stolzer Preis, trotz allem.“

„Hast du gehört, Pietro?“ Bille klopfte dem Wallach aufmunternd den Hals. „Zeig dich des Vertrauens würdig! Wir erwarten große Dinge von dir!"

Wenn San Pietro geglaubt hatte, er würde unter Bille ein ebenso leichtes Leben haben wie bei seinem vorigen Reiter, so sah er sich jetzt getäuscht. Bille absolvierte ein Dressurprogramm mit ihm, daß sein Fell nach einer Stunde fast schwarzbraun glänzte vor Schweiß. Nach ein paar Gehorsamssprüngen war er entlassen, und Bettina kam herunter, um ihn trockenzureiten, während Bille, ebenfalls naßgeschwitzt von der Anstrengung, sich ihrem eigenen Pferd, Black Arrow, widmete.

„Ich bin sehr zufrieden mit euch beiden", sagte Herr Tiedjen

Bille absolvierte ein Dressurprogramm, daß San Pietros Fell vor Schweiß glänzte

anerkennend. „Ich sehe, es war kein Fehler, San Pietro zu kaufen."

„Den habe ich bald in Hochform!" meinte Bille zuversichtlich. „Wir mögen uns, und wir passen prima zueinander, das spüre ich. Du, Daddy ..."

„Ja?"

„In zehn Tagen ist doch das Turnier beim Reitverein Sassenholm. Ich habe mich mit Black Arrow eintragen lassen, und Tom und Florian gehen auch mit. Was meinst du, kann ich San Pietro nicht mitnehmen und einen ersten Versuch mit ihm starten? Schließlich hat er ja schon einiges vorzuweisen, und wenn wir jetzt jeden Tag miteinander arbeiten ... Er springt super, nur mit dem Gehorsam hapert es noch."

„Warum nicht? Ein Versuch kann nicht schaden."

So kam es, daß San Pietro zehn Tage später mit Troilus, Black Arrow und Florentine den Transporter bestieg und zum Turnier nach Sassenholm fuhr.

Für Florian war es ein besonderer Tag. Heute ging er zum ersten Mal mit seiner Florentine auf ein Turnier. Stundenlang hatte er sich mit ihrer Schönheitspflege beschäftigt. Kein Pferd, dessen Mähne so sorgfältig eingeflochten war, dessen Bandagen so vor Sauberkeit strahlten, dessen Zaumzeug und Sattel so blitzten und glänzten. Florian, mit einem weichen Lappen bewaffnet, bückte sich alle paar Meter, um einen Dreckspritzer von Florentines Hufen zu tupfen und geriet außer sich, wenn in der Nähe seiner geliebten Stute ein Auto durch eine Pfütze fuhr.

In der großen Reithalle folgte Prüfung auf Prüfung. Viel mehr Reiter, als man vermutet hatte, hatten sich zu diesem Wettbewerb gemeldet. Auf dem Hof wimmelte es von Reitern und Pferden, die Wiese hinter der Reithalle war von Transportern überfüllt. In der Meldestelle herrschte so drangvolle Enge wie in der Straßenbahn kurz nach Geschäftsschluß, und in der Kantine gab es allenfalls noch Stehplätze. In diesem allgemeinen Durcheinander war es schwierig, sich zu orientieren, wer wann an der Reihe war, und da sich die Groß-Willmsdorfer zu verschiedenen Prüfungen angemeldet hatten, verloren sie sich bald aus den Augen.

„Achtung, A-Dressur! Die Reiter der ersten Gruppe bitte bereit halten!"

„Das sind wir, Junge." Bille schwang sich in San Pietros Sattel. „Nun hör schon auf zu spinnen, ist ja gut!"

„Achtung bitte!" plärrte der Lautsprecher weiter. „Folgende Reiter der E-Dressur werden in die Halle zur Siegerehrung gebeten..."

San Pietro liebte den Lärm und den Rummel um sich herum offensichtlich gar nicht, und Bille hatte Mühe, ihn einigermaßen zur Ruhe zu bringen. Zum Abreiten war wenig Platz, und sie war heilfroh, daß sie schon als zweiter Reiter in die Halle gerufen wurde. San Pietro erledigte seine Aufgabe zunächst sehr unkonzentriert, steigerte sich aber in der zweiten Hälfte beträchtlich. Das gab zwar keine Plazierung unter den ersten fünf, aber Bille war zufrieden, daß es ihr gelungen war, zu zeigen, was in diesem Pferd steckte.

Im Springen hoffte sie ein besseres Ergebnis mit ihm zu erzielen. Und wenn nicht, dann war es auch nicht schlimm, schließlich war sein Auftreten auf diesem Turnier ein erster Versuch, und sie selbst hatte immer noch die Möglichkeit, sich mit Black Arrow einen guten Platz zu sichern.

Einen Vorteil hatte San Pietros Versagen auf jeden Fall: Sie brauchte nicht auf die Siegerehrung zu warten und konnte sich endlich etwas zu essen besorgen. Sie brauchte dringend eine Stärkung.

In der Kantine fand sie Tom mit ein paar Reitern in ein Fachgespräch vertieft. Bille holte sich ein großes Schnitzel mit Salat und setzte sich dazu.

„Hast du Flori gesehen?"
„Nein, er müßte doch jetzt beim E-Springen dabei sein."
In diesem Augenblick schaute Florian zur Tür herein. Er winkte kurz herüber, ging zum Automaten und zog sich eine Dose Cola heraus. Die geöffnete Dose in der Hand, kam er zum Tisch und schaute sie erwartungsvoll an.
„Na?"
„Na du? Wie läuft's?"
„Ganz gut. Und bei euch?"
„Wie erwartet", sagte Bille. „San Pietro hat noch keine Manieren, teilweise führt er sich auf, als käme er aus dem Urwald und hätte noch nie ein anderes Pferd gesehen. Aber sonst bin ich zufrieden."
„Klar doch."
„Ich sitze auf Warteposten", sagte Tom. „Hab mich ja nur fürs L-Springen gemeldet. Wollte vorhin mal nach dir schauen, aber da warst du gerade raus."
„Kann man nichts machen."
Florian schaute von einem zum anderen, als warte er auf etwas. Dann zuckte er mit den Achseln und wandte sich zur Tür.
„Also dann, bis später."
Wenn San Pietro auch in der Dressur nicht gerade geglänzt hatte, die Tatsache, daß er eine Neuerwerbung Hans Tiedjens war und von Sibylle Abromeit geritten wurde, hatte sich schnell herumgesprochen. So kam es, daß der Zuschauerraum bis auf den letzten Stehplatz besetzt war, als Bille im A-Springen mit ihm startete.
Au weia! dachte sie, als sie vergeblich versuchte, den Wallach vor dem Richtertisch für einen Augenblick zur Ruhe zu bringen. Das kann ja heiter werden!
Die Glocke erklang, und San Pietro schoß los wie eine Rakete. Bilder einer Fernsehsendung flogen durch Billes

Bewußtsein: afrikanische Springböcke auf der Flucht; so kam ihr San Pietro vor, als er über die Hindernisse hetzte. Auf der Zuschauertribüne wurde gemurmelt. „Wahnsinnstempo“ und „So was gibt’s doch gar nicht!“

Egal, dachte Bille, null Fehler bisher, null Fehler, soll er doch rennen! Solange er alles oben läßt, will ich für diesmal nicht kleinlich sein.

Das vorletzte Hindernis kam. Bille begann zu frohlocken. Er schafft es! Er schafft es leicht, wer hätte das gedacht – er könnte genausogut das M-Springen machen. Es ist eine Spielerei für ihn! Null Fehler, und der Schnellste ist er obendrein! Und es macht ihm auch noch Spaß!

Das letzte Hindernis. San Pietro drückte ab wie zu einem Zweimetersprung, Bille hätte sich nicht gewundert, wenn er vor lauter Lebenslust begonnen hätte zu wiehern. Das war’s. Geschafft! Bille ließ die Zügel locker und entspannte sich.

Das hätte sie nicht tun sollen. Denn ehe sie recht begriff, was geschah, legte San Pietro sich in die Kurve und ging den Parcours von neuem an. Erstes Hindernis – zweites –drittes – jetzt die Kombination – ehe Bille zu sich gekommen war, hatte San Pietro den halben Parcours ein zweitesmal hinter sich gebracht. Feuerrot im Gesicht parierte sie den übermütigen Wallach zum Schritt durch und verließ die Bahn. Die Zuschauer lachten und applaudierten.

„Nummer achtundzwanzig . . ., Sibylle Abromeit . . ., disqualifiziert wegen Ungehorsam des Pferdes!“ knarrte der Lautsprecher dazwischen.

„Was für ein Pferd! Aus dem kann noch was werden!“ murmelte der nach ihr kommende Reiter bewundernd.

Tom kam ihr entgegen, Lachtränen in den Augen, und nahm ihr die Zügel ab, während Bille – immer noch verwirrt und kopfschüttelnd – aus dem Sattel sprang.

„Hast du das gesehen? So was ist mir noch nie passiert!“

„There is a first time for everything", bemerkte Tom weise. „Mach dir nichts draus!"

„Also, ich weiß nicht . . ." Bille schaute San Pietro prüfend in die Augen. „Ich hab doch mal gelernt, das Pferd sei ein Fluchttier und käme freiwillig nie auf die Idee, über ein Hindernis zu springen. Es wäre nur durch Dressur und Zwang dazu zu bewegen. San Pietro – wußtest du das nicht? Hast in der Schule nicht richtig aufgepaßt, wie? Mann, wenn das Daddy hört!"

Für Gesprächsstoff auf dem Turnier in Sassenholm war gesorgt. In allen Ecken wurde das ungeheure Ereignis besprochen. Welch ein Pferd hatte Hans Tiedjen da erworben! Stimmte es, daß es aus eigener Zucht stammte? Vielleicht hatte man eben einen zukünftigen Olympiasieger gesehen? Der Wallach hatte Weltklasse! Und daß die sonst so sichere Bille Abromeit ihn nicht hatte halten können . . ., wie war das überhaupt passiert?

Daß Bille eine Stunde später mit Black Arrow das L-Springen gewann und Tom mit Troilus den vierten Platz belegte, war gar nicht mehr interessant. Alles drehte sich nur noch um San Pietro und seine Sondernummer.

Über alldem hatten sie Florian vollkommen aus den Augen verloren. Umdrängt, mit Fragen bestürmt, von Neugierigen verfolgt, fiel er ihnen erst wieder ein, als sie mit dem Verladen beginnen wollten. Florentine, die beim Einsteigen keinerlei Schwierigkeiten machte, mußte zuerst in den Wagen, damit die anderen ihrem Beispiel folgten. Ungeduldig sahen Bille und Tom sich nach Florian um.

Schließlich kam er. Den rechten Arm um den Hals seiner Stute geschlungen, im linken eine Anzahl silbern glänzender Gegenstände, die er liebevoll an die Brust drückte, das Gesicht gerötet, wankte er auf sie zu. Florentine blinzelte müde unter vier nebeneinander am Stirnband befestigten gelben Schleifen hervor wie unter einer verrutschten Erntekrone.

Bille und Tom starrten ihm mit offenem Mund entgegen.

„Flori! Was soll das bedeuten?“

„Hübsch, nicht wahr? Haben wir uns alle verdient“, lallte Florian. „Hättet ihr uns nicht zugetraut, wie? E-Dressur, E-Springen, A-Dressur, A-Springen. Ich wäre ja auch mit einer anderen Farbe zufrieden gewesen, aber Florentine nicht! Nein, meine kleine Florentine nicht. Gelb mußte es sein, unbedingt gelb! Sie sagt, sie steht nur auf Gelb, hat sie mir gesagt, ja.“

„Soll das heißen, daß ihr vier erste Plätze geschafft habt?“

„Soll das heißen . . ., soll das heißen, ja, das soll es heißen. Kleine gelbe Schleifen liebt sie mehr als alles andere, hat sie gesagt, nicht wahr, meine Süße?“ Florian gab der Stute einen schmatzenden Kuß. „Wenn wir erst mal anfangen, dann räumen wir auch gleich richtig ab. Das habt ihr gar nicht mitgekriegt, wie? Ihr mit euren berühmten . . ., na, ist ja auch egal. Mein Mädchen steht auf Gelb, und Gelb hat sie gekriegt. Und jetzt gehen wir schlafen, gute Nacht!“

Damit stolperte Florian mit Florentine die Rampe hinauf, führte sie an ihren Platz, warf Sattel und Zaumzeug in die Ecke, band seine Stute fest und sank – sie noch einmal zärtlich umarmend – neben ihr ins Stroh. Sekunden später schlief er fest.

Tom kratzte sich verwundert hinter dem Ohr.

„Hast du Töne! Da schindet sich unsereiner um einen lächerlichen vierten Platz, und der Kleine kommt mit vier gelben Schleifen an!“

„Vielleicht hängt es mit der Liebe zusammen“, meinte Bille nachdenklich. „Florentine liebt Florian genauso wie er sie. Und sie scheint die einzige zu sein, die begriffen hat, daß Flori gegen unsere Übermacht dringend ein durchschlagendes

Erfolgserlebnis brauchte."
„Möglich."
„Weißt du was? Wir sollten endlich aufhören, in Florian ständig *den Kleinen* zu sehen!"

So ein Zirkus!

„Na so was! Wenn das kein Zufall ist!"
Der Indianer ließ den Brief sinken, nahm die merkwürdige, kleine Nickelbrille ab, die er beim Lesen trug, und starrte in die Runde.
„Was ist los? Wovon sprichst du?" Bille stand auf, um sich noch eine Tasse Tee einzuschenken.
„Macky Miller, ein alter Kumpel, schreibt mir. Er arbeitet seit Jahren bei Karlsons. Kein großer Zirkus, aber ein solides, renommiertes Unternehmen. Sie hatten Schwierigkeiten, mußten ihr Winterquartier räumen, weil es bei einem Großbrand schwer beschädigt wurde, schreibt er. Jetzt haben sie in Neukirchen Unterschlupf gefunden, auf einem leerstehenden Bauernhof. Macky Miller, wer hätte das gedacht! Sind bald zehn Jahre, daß wir zusammen waren."
„Und wie hat er dich gefunden?" fragte Florian.
„Er hat an meine Schwester geschrieben, das hatten wir so ausgemacht. Durch sie hat er erfahren, daß ich hier bin. Macky Miller, Junge, das wird ein Wiedersehn!"
„Seid ihr mal zusammen aufgetreten?" Mini rückte neugierig näher. „Du hast noch nie von ihm erzählt!"
„Macky Miller? Nein, aufgetreten sind wir nicht miteinander. Macky ist Clown. Und was für einer!"
„Wenn sie im Winterquartier sind – geben sie dann keine Vorstellungen?" erkundigte sich Nico.

„Nein, im allgemeinen nicht. Es gibt natürlich große Zirkusunternehmen, die eigene Häuser haben, in denen sie im Winter Vorstellungen geben können. Aber so ein kleiner Betrieb..., die suchen sich einen Platz, wo sie im Winter billig unterkommen können. Wer die Möglichkeit hat, nimmt inzwischen eine andere Arbeit an, bis es im Frühjahr wieder losgeht. Man füttert die Tiere durch, sieht zu, daß sie nichts verlernen, und probt für das neue Programm. Das Durchfüttern im Winter – das kann manchmal ein Problem werden."

Johnny zündete sich seine Pfeife an und sah gedankenverloren den blauen Rauchschwaden nach.

„Ich hätte dich zu gern in deiner großen Nummer gesehen!" sagte Mini versonnen. „Ein Turm aus Akrobaten auf zwei galoppierenden Pferden – und du ganz oben drauf! Das muß ein unheimlich tolles Gefühl sein!"

„Ich war der Kleinste und Leichteste." Der Indianer lachte. „Dich hätten sie sicher auch genommen."

„Warum kann ich nicht deine Schülerin sein?"

„Vielleicht später mal", wehrte der Indianer ab.

„Ach, das sagst du immer!"

„Du, Johnny, sag mal..." Florian, der bis jetzt behaglich an Nicos Schulter gelehnt hatte, richtete sich auf. „Wenn dein Freund und seine Leute hier eingezogen sind, machst du uns dann mal miteinander bekannt? Ich möchte zu gern einmal hinter die Kulissen so eines Zirkusbetriebes schauen! Mit einem Raubtierdompteur reden oder mit Leuten, die auf dem Trapez arbeiten!"

„Klar, warum nicht. Wir können ja mal zusammen rüberfahren. Macky will anrufen, wenn sie angekommen sind."

„Vielleicht können wir ihnen ja auch helfen", überlegte Bille. „Wir kennen uns in der Gegend aus und wissen, wo sie am günstigsten Futter und Streu bekommen können."

„He, in Peershof haben wir doch noch Boxen frei!" fiel ihr Florian ins Wort. „Zur Not könnten wir ein paar Pflegepferde aufnehmen!"

„Keine schlechte Idee! Du, Johnny, kennt Macky Miller deine drei Alten noch von früher?"

„O ja! Happy war sogar mal in einer Nummer von ihm drin. Da versuchte er sich als Reiter, das heißt, er versuchte immer wieder vergeblich aufzusteigen, und fiel mal vorn, mal hinten, mal rechts, mal links wieder runter. Und als er endlich stolz oben saß und sie mit Hüh! und Hott! anzutreiben versuchte, schließlich wie wild mit den Beinen strampelte und Galopp! Galopp! schrie, schüttelte Happy den Kopf und legte sich einfach hin. Sie rollte sich auf die Seite, schloß die Augen und tat, als ob sie eingeschlafen wäre."

„Klasse!" Beppo quietschte vor Vergnügen. „Kann sie das heute noch?"

„Ich weiß nicht. Hab's noch nicht ausprobiert."

„Wir müssen sie mitnehmen, wenn wir ihn besuchen! Und die anderen beiden auch!" schlug Florian vor. „Der wird Augen machen!"

„Da muß Zottel natürlich auch mit", rief Bille eifrig. „Ich möchte zu gern sehen, ob er sich an seine Zirkusvergangenheit erinnert, wenn er die Luft schnuppert und all die Wagen sieht und das Zelt, die Raubtiere, die Elefanten . . ."

„O ja, Kinder, wir reiten mit unseren vier Zirkuspferden zum Zirkus! Das wird eine Schau!" Nico klatschte so begeistert in die Hände, daß Florian, der sich gerade wieder an ihre Schulter gelehnt hatte, hintenüber kippte, nachdem er schon einen unsanften Stoß in die Rippen hatte einstecken müssen.

„Hoffentlich behalten sie Zottel nicht gleich da, wenn sie von seiner Vergangenheit hören. Schließlich ist er ein Mann in den besten Jahren", meinte Bille lachend. „Oder Mini als Voltige-Star! Wer weiß, wenn die erst richtige Zirkusluft schnuppert, kommt sie am Ende gar nicht mehr mit uns nach Hause!"

„Leute, wir müssen füttern, es ist schon spät!" mahnte der Indianer. „Räumt eure Becher und den Tee weg. Die letzte Gruppe kommt gleich aus der Reithalle!"

Zwei Tage später bezog der Zirkus sein neues Winterquartier. Das Ereignis wurde auf der Titelseite des Neukirchener Boten ausführlich besprochen, und zugleich kündigte der Zirkus in einer ganzseitigen Anzeige an, man wolle vor Weihnachten noch ein paar Nachmittagsvorstellungen geben, so lange das Wetter es erlaubte, um die Futterkasse für die Tiere noch ein wenig aufzufüllen.

Macky Miller tauchte bereits am nächsten Tag in Groß-Willmsdorf auf, um seinen alten Freund Johnny zu besuchen. Niemand hätte in dem unauffälligen, älteren Mann mit den sorgfältig gescheitelten Haaren einen bekannten und vielbelachten Clown vermutet. Er trug einen dunkelblauen Mantel und einen schwarzen Hut und hielt in der Hand einen altmodischen Aktenkoffer, in dem sich – wie Johnny später erzählte – ein wahrer Schatz an alten Fotos, Programmheften, Zeitungskritiken und Briefen berühmter Kollegen befand. Seit Macky Miller den Koffer einmal im letzten Augenblick aus dem Feuer gerettet hatte, ließ er ihn nicht mehr aus der Hand, und sein Inhalt bildete die Quelle endloser Gespräche, die meistens mit den Worten „Weißt du noch?" begannen.

An diesem Tag blieb Johnnys Teestube geschlossen. Seine jungen Freunde erledigten die Arbeit im Stall, und wenn sie auch liebend gern bei der Zusammenkunft der beiden Männer dabeigewesen wären, so verstanden sie doch, daß die Freunde erst einmal allein die Erlebnisse der letzten Jahre austauschen wollten.

Dafür lud Macky Miller beim Abschied alle ein, ihn am kommenden Samstag mittags zu besuchen, sich den Zirkus zeigen zu lassen und anschließend die Vorstellung anzuschauen.

So war nun Johnnys Spezialtruppe, wie sich diejenigen nannten, die ständig freiwillig im Stall mitarbeiteten, gemeinsam mit Bille, Bettina und Florian unter Führung des Indianers nach Neukirchen unterwegs. Bille hatte sich Zottel gesattelt, und Florian ritt seit langer Zeit einmal wieder Bongo, der sonst nur noch im Gespann ging oder auf die Koppel geschickt wurde. Nico auf Maestros Rücken hatte das ungewohnte Vergnügen, auf Florian herabsehen zu können. Mini hatte sich Happy erkoren. Johnny saß in Whiskys Sattel. Beppo kauerte auf Rumpelstilzchen wie ein Jockey, und Bettina begleitete die Gruppe im Sattel ihrer Haflingerstute Sternchen.

Der Bauernhof, dessen Gebäude dem Zirkus als Winterquartier dienten, lag neben einem Fabrikgelände vor der Stadt. Längst waren die Felder zu Bauland geworden; es gab nur noch wenige Koppeln, auf denen der Bauer etwas Vieh gehalten hatte, bis er den Hof aufgab. Bald sollten auch die verschwinden und neuen Fabrikgebäuden Platz machen. Der Hof war zum Abbruch bestimmt.

Doch vorerst wimmelte es hier von Tieren und buntem Volk, das sich in Ställen, Scheunen und Wohnhaus für die Wintermonate eingerichtet hatte. Zur Straße hin erhob sich das große Zelt mit dem Kassenwagen und dem Bürowagen davor, eingerahmt von Lichterketten und einem farbenprächtigen Portal aus Holz, auf dem die aufregendsten Zirkussensationen abgebildet waren. Hinter dem Hof lagerte wie eine Schar Küken um die Henne ein Dorf aus Zirkuswagen. Die Tiere waren aus luftigen Zelten in warme Ställe umgezogen; in der Scheune residierten die Elefanten.

Macky Miller empfing seine Gäste am Ende des Wagendorfes. Überschwenglich begrüßte er seine alten Freunde Happy, Maestro und Whisky, erst dann schüttelte er seinen Gästen die Hände und geleitete sie in den Hof.

„Ihr könnt eure Pferde da drüben auf die Koppel bringen; der Direktor weiß Bescheid. Mit unseren Ponys werden sie sich schon vertragen, sie sind ja schließlich Kollegen. Ali wird sie im Auge behalten. Für die Sättel ist in der Remise Platz, legt sie auf den Anhänger dort."

„Prima, danke schön!"

Bille beobachtete schon seit einer Weile amüsiert, wie Zottel aufgeregt die Ohren spitzte und wie elektrisiert die Nüstern blähte. Ungeduldig drängte er dem Zelt entgegen, von dem ein Duftgemisch aus Holz, Leim, Sägemehl und der scharfe Geruch von Raubtieren ausging.

„Ich möchte zu gern wissen, was Zottel früher im Zirkus getrieben hat!" sagte sie. „Seht nur, wie aufgeregt er ist! Ob er hier alte Bekannte trifft?"

„Wenn er einmal zu uns gehört hat, müßte das unser Stallmeister wissen", meinte Macky Miller. „Er würde ihn sofort erkennen. Aber wahrscheinlich ist es nur der Geruch, der ihn an früher erinnert. Kommt, ich werde euch erst mal in unseren Restaurantwagen führen, damit ihr euch stärken könnt für die große Besichtigung."

Sie brachten die Pferde auf die Koppel, überzeugten sich, daß es zwischen Zirkusponys und Gästen keine Feindseligkeiten gab, dann folgten sie Macky Miller zu einem der schweren, hölzernen Wagen und kletterten hinter ihm die Stiege hinauf.

„Wie ein altmodischer Speisewagen", flüsterte Bettina. „Urgemütlich! Es muß herrlich sein, mit dem Zirkus zu reisen!"

„Vielleicht engagieren sie uns als Stallhelfer, wir können ja

„Urgemütlich, wie ein altmodischer Speisewagen!“ flüsterte Bettina

mal fragen“, antwortete Bille. „Ich bin riesig gespannt auf ihre Pferde!“

Macky Miller hatte sich gut auf ihren Besuch vorbereitet. Die Tische waren bereits für sie gedeckt, ein Imbiß stand bereit, und Macky kümmerte sich persönlich darum, daß Teller und Becher immer wieder gefüllt wurden. Während sie aßen, tauchte alle paar Minuten jemand auf, um den alten Kollegen Johnny zu begrüßen und ihn über sein Leben in Groß-Willmsdorf auszufragen. Johnny erzählte stolz von seiner Arbeit und seinen Schützlingen und erkundigte sich nach alten Freunden und Bekannten. Die Leute vom Zirkus schienen wirklich eine große Familie zu sein.

Schließlich klatschte Macky Miller in die Hände.

„Freunde, ich hoffe, ihr seid alle satt geworden – jetzt wollen wir mit der Führung beginnen! Danach ist für euch die Loge reserviert, von der aus ihr euch die Vorstellung ansehen könnt. Darf ich euch bitten, mir zunächst zu meinem eigenen, bescheidenen Heim zu folgen."

Wenn sie sich unter einem Zirkuswohnwagen eine von bunten Requisiten überquellende Künstlerbehausung vorgestellt hatten, so sahen sie sich jetzt getäuscht. Macky Millers Heim unterschied sich in nichts von einer ganz normalen Mietswohnung, nur daß alles auf engerem Raum Platz finden mußte. An den Fenstern hingen Spitzengardinen, auf der Couch standen die Kissen wie Soldaten aufgereiht und schienen beim Eintreten der Besucher stramme Haltung anzunehmen. Die Fotos an der Wand waren säuberlich gerahmt, und in einer Vitrine glänzten Silberleuchter, Messingkännchen und Sammeltassen.

Macky präsentierte stolz seine Kochnische, den Duschraum und die Schlafecke. Bille hätte sich nicht gewundert, wenn auf der frischen Tischdecke eine Häkelarbeit gelegen hätte.

„Wirklich sehr gemütlich!" lobte Bettina. „Ich stelle es mir herrlich vor, in so einem Wagen gemächlich über Land zu schaukeln und aus dem Fenster meines fahrenden Hauses mal eine Großstadt, mal Felder und Wald und dann wieder das Meer zu sehen."

„Jetzt werde ich euch meine Nachbarn vorstellen, die fünf Ricardos. Eine große Familie, und bis auf die Mutter stehen alle Abend für Abend in der Manege. Es sind hervorragende Akrobaten, sie arbeiten mit dem Schleuderbrett."

Bei den fünf Ricardos sah es nicht viel anders aus als bei Macky Miller, nur daß es mehrere Schlafgelegenheiten gab. Und genauso war es bei den übrigen Artisten. Die meisten waren verheiratet und hatten Kinder, auf dem Wohnzimmertisch standen Blumen, in der Ecke der Fernsehapparat, Mütter flickten Kostüme oder bügelten Wäsche und bewachten Sprößlinge, die über ihren Schulbüchern saßen. Und wenn nicht die Fotos von den Wänden vom Artistenleben erzählt hätten, man hätte vergessen können, wo man sich befand.

„Der Wagen dort drüben beherbergt unsere Elektro-Zentrale, und daneben seht ihr den Werkstattwagen. Dies hier ist der Wagen für die Requisiten."

Während sie zu den Ställen hinübergingen, sagte Macky Miller endlose Zahlenreihen auf, erzählte, wie viele Wagen zum Zirkus gehörten, wieviel Personal, wie viele Tiere sie ständig mitführten und welche Mengen an Futter und an Lebensmitteln der Betrieb täglich benötigte. Er erklärte, wie hoch das Zelt war, wie viele Stangen, wie viele Meter Zeltplane man benötigte, wie viele Zuschauerplätze unter dem weiten Dach untergebracht waren und wieviel Strom die Scheinwerfer brauchten. Von alldem schwirrte ihnen bald der Kopf, und sie waren froh, als der Anblick der Lipizzaner-Hengste, die gerade für ihren Auftritt verschönt wurden, ihn auf ein anderes Thema brachte.

„Ja, die sind unser ganzer Stolz! Die Tochter des Direktors führt sie vor; es ist einer der Höhepunkte der Vorstellung. Wenn wir im Winterquartier sind, geht sie mit ihren Lipizzanern auf Gastspielreise – sie ist weit über die Grenzen unseres Landes bekannt. Einmal haben sie sogar schon in einem historischen Film mitgespielt. Und hier drüben seht ihr unsere Araber..."

„Was für wunderschöne Tiere", sagte Bille leise zu Bettina. „Ob sie beim Zirkus glücklich sind? In der Enge des Stallzelts und dem kleinen Rund der Manege? Training, Vorstellung, verladen werden, wieder Training..."

„Ich weiß nicht. Ich kann es mir nicht vorstellen. Wenn ich die Hengste sehe, möchte ich sie mir lieber über eine weite Koppel galoppierend vorstellen."

Macky Miller schaute auf die Uhr.

„Schon so spät! Tut mir leid, Johnny, die anderen Tiere muß ich euch in der Pause zeigen. Die Vorstellung fängt in zwanzig Minuten an, und ich muß mich umziehen und schminken. Schaut euch inzwischen noch ein bißchen um, und dann setzt euch in eure Loge, sie ist auf meinen Namen reserviert. In der Pause hole ich euch dort ab."

Schon seit einer Weile hatte es in allen Ecken begonnen sich zu regen. Livrierte überquerten den Hof, Pferde wurden herausgeholt und aufgezäumt, ein Jongleur, schon im Kostüm, übte seine Nummer, Musiker stimmten ihre Instrumente, aus dem Quartier der Elefanten drang ein wilder Trompetenstoß, ein Liliputaner schleppte eine Umhängetasche mit Programmen zum Hauptzelt, ein kleiner Stallbursche ächzte unter der Last glitzernder Geschirre und Schabracken. Von der Straße hörte man das erwartungsvolle Gemurmel der Besucher, die sich an der Kasse drängten. Mini wurde ganz unruhig.

„Wollen wir nicht reingehen? Dann können wir schon mal das Programm studieren. Hier stören wir ja doch nur."

„Fürchtest du, sie lassen gleich die Raubtiere los? Wir werden dich schon beschützen!" Florian legte väterlich den Arm um Minis Schultern.

„Kommt! Jetzt zeige ich euch die Hauptschlagader des Zirkus: den Sattelgang. Hier muß jeder durch, der in die Manege will, und alles muß bis ins kleinste durchdacht sein, damit die Umbauten von einer Nummer zur nächsten blitzschnell gehen und keiner den anderen behindert. Haltet euch dicht hinter mir, damit ihr niemandem im Wege steht."

Der Indianer führte sie in die schmale Gasse, von der aus

man die Manege betrat. Vor ihnen erhob sich das ansteigende Rund der Zuschauerbänke, die schon zur Hälfte besetzt waren.

„Da hinaus müssen und vor all den vielen Gesichtern seine Kunststücke zeigen? Ich glaube, das könnte ich nicht", meinte Bille. „Bei einem Turnier hast du doch wenigstens nur den Kopf deines Pferdes und das nächste Hindernis vor der Nase."

„Sobald die Scheinwerfer aufflammen, siehst du sie nicht mehr", erklärte der Indianer. „Du bist so auf deine Nummer konzentriert, daß du alles um dich herum vergißt. Seht ihr, da stehen die Gitter für die Raubtiernummer. Und die kleine Kutsche dort gehört zur Pudeldressur. Na kommt, unsere Loge ist da drüben."

Bald waren die Zuschauerbänke bis auf den letzten Platz besetzt. Der Liliputaner bot seine Programme an, und der Eisverkäufer hatte sich bei dem kalten Wetter auf Glühwein und heiße Würstchen umgestellt. Das Orchester spielte einen Tusch, und die Scheinwerfer flammten auf. Ein Herr im Frack kam in die Manege, zog winkend seinen Hut und begrüßte mit ausgebreiteten Armen das Publikum. Die Vorstellung begann.

Happy, Whisky und Maestro spitzten die Ohren. Die Vorstellung begann – und keiner holte sie zu ihrem Auftritt? Die Koppel hatte sich geleert. Ein junger Marokkaner hatte die Zirkusponys zu ihrem Auftritt auf den Hof getrieben, wo sie von eifrigen Stallhelfern aufgezäumt und mit bunten Federbüschen geschmückt wurden, um sich dann gehorsam in einer Reihe aufzustellen.

Keinem war es aufgefallen, daß Zottel sich mit durch das Gatter gedrängt hatte und nun einen kleinen Erkundungsspaziergang in Richtung Küchenwagen unternahm, aus dem verlockende Düfte herüberwehten. Zottels Enttäuschung war groß, als er die Tür verschlossen fand und er rund um den Wagen nicht die kleinste Spur von etwas Eßbarem entdeckte. Verdrossen trabte er weiter, um die Wagenkolonnen zu inspizieren, vielleicht hatte er dort mehr Glück.

Aber auch da fand er nichts. Niemand stellte um diese Jahreszeit einen Korb mit Lebensmitteln oder eine Einkaufstasche vor der Tür ab, nicht einen verlorengegangenen Apfel fand er, nicht einmal eine Brotkruste.

Vor den Ställen und auf dem Hof herrschte jetzt Hochbetrieb, da durfte er sich nicht sehen lassen. Am Ende wurde er noch gesattelt und zur Arbeit geschickt. Aber vor dem großen Portal war es still, da konnte er sich ungestört ein bißchen umsehen.

Die Kassiererin saß an ihrem Platz und zählte die Einnahmen des heutigen Nachmittags, neben sich griffbereit zur Stärkung eine Schachtel Kekse. Für solche Genüsse hatte Zottel eine besonders feine Nase! Also schritt er ohne Umstände auf den Kassenwagen zu, legte den Kopf schief und steckte sein Maul durch die Öffnung. Die Lippen gierig gespitzt, schnaubte er vor Freude heftig, die Geldscheine hoben sich wie eine Wolke in die Luft und segelten in alle Richtungen davon.

„Huach!" schrie die Kassiererin und kreischte empört: „Du verflixtes Biest, was hast du hier zu suchen! Scher dich in deinen Stall zurück, marsch!"

Die Kassiererin machte ein paar wegscheuchende Bewegungen in seine Richtung, aber da sie Kummer gewöhnt war, was das plötzliche Auftauchen eines Tieres betraf, meinte sie es nicht allzu ernst. Außerdem hatte sie alle Hände voll zu tun, um das Geld vom Boden zu sammeln, und so zog Zottel unbemerkt die Keksschachtel zu sich heran, zerrte sie durch die Öffnung und ließ sie zu Boden fallen. In aller Ruhe verzehrte er die herausgefallenen Kekse.

Bis die Kassiererin, die nun noch einmal mit dem Zählen begann, automatisch in Richtung Keksschachtel griff, dort aber nichts fand, war Zottel längst über alle Berge.

Aus dem Inneren des Hauptzeltes klangen Trommelwirbel herüber. Die fünf Ricardos zeigten ihre atemberaubenden Kunststücke auf dem Schleuderbrett. Benita, die dreizehnjährige Tochter der Ricardos, die in schwindelnder Höhe auf den Turm aus Körpern sprang, den ihr Vater und die Brüder bildeten, erntete tosenden Beifall.

Zottel wurde neugierig und beschloß, nun doch einmal einen Blick in die Manege zu werfen. Leise betrat er den Sattelgang, in dem die Elefanten, schön aufgereiht, Rüssel an Schwänzchen, auf ihren Auftritt warteten.

Drinnen in der Manege warfen die Ricardos Kußhändchen ins Publikum, verbeugten sich und kamen im Laufschritt in den Sattelgang. Livrierte stürmten an ihnen vorbei in das Zirkusrund hinaus, um Schleuderbrett und Teppich wegzuräumen und die Podeste für die nächste Nummer aufzustellen. Zottel zögerte nicht lange und lief ihnen nach.

Einer der Livrierten, ein kleiner rundlicher Mann mit Bürstenschnurrbart, der sich gerade hinunterbeugte, um das Schleuderbrett aufzuheben, bekam kugelrunde Augen, als er am anderen Ende statt eines Kollegen ein Pony auftauchen sah. Schnell trat er auf den Eindringling zu, um ihn zu verscheuchen. Dabei setzte er einen Fuß auf das Schleuderbrett und beugte sich vor. Das hätte er nicht tun sollen, denn auch Zottel strebte vorwärts und trat auf das schwebende Ende des Brettes. Ehe der Mann wußte, wie ihm geschah, flog er mit einem Salto durch die Luft und landete mit einem ohrenbetäubenden Knall auf dem Orchesterpodium in der Pauke.

Das Publikum brüllte vor Lachen. Das war bei weitem die beste Nummer, die sie bis jetzt gesehen hatten! Zottel hörte

Mit einem Salto flog der Mann durch die Luft

den Applaus, und Erinnerungen wurden in ihm wach. Er verneigte sich artig: Ein Bein gestreckt nach vorn geschoben, das andere gebeugt, senkte er den Kopf.

Bille und ihre Freunde saßen wie erstarrt da. War das Zottel? Oder ein Doppelgänger? Gehörte das nun zum Programm oder nicht?

„Holt doch das Pony da raus, verdammt noch mal!" zischte der Befrackte im Sattelgang. „Wo kommt der überhaupt her?"

Das Orchester, das einen Augenblick – starr vor Schreck – verstummt war, begann nun mit doppeltem Tempo zu spielen, allerdings ohne Pauke; in der saß immer noch der Livrierte fest. Ein anderer Livrierter stürzte auf Zottel zu und griff sein Halfter. Zottel hatte sein Kommen nicht bemerkt und schlug bei dem unsanften Ruck ärgerlich den Kopf in die Höhe. Das wiederum bekam dem hilfreichen Mann vom Zeltbaukommando schlecht, denn er war zu dicht an Zottel herangetreten und bekam einen Kinnhaken, der ihn für einige Minuten sanft ins Jenseits beförderte. Er sank, ein erstauntes Lächeln auf den Lippen, auf den immer noch nicht zusammengerollten Teppich.

Wieder applaudierte das Publikum. Welche eine Meisterleistung der Dressur! Zottel trippelte zur Piste vor, stellte sich mit den Vorderfüßen hinauf und verneigte sich. Dann entdeckte er Bille, schwenkte nach rechts hinüber, stieg wieder auf die Piste, reckte den Hals und blies ihr zärtlich ins Gesicht. Das Publikum tobte vor Vergnügen.

Florian schaltete blitzschnell. Zottel war unfreiwillig aufgetreten, und die Leute johlten vor Vergnügen. Wenn sie einen Riesenkrach mit dem Direktor vermeiden wollten, half nur eins: Der Erfolg mußte größer sein als der Ärger!

Florian hechtete über die Brüstung der Loge, lief zum Orchesterpodium, formte die Hände zum Trichter und rief: „Den Donauwalzer! Spielt den Donauwalzer!“

Improvisieren, wenn etwas schiefging, war die Spezialität der Zirkuskapelle! Die Musiker brauchten nur Sekunden, um von dem flotten Marsch, den sie gerade gespielt hatten, in die sanften Klänge des Walzers überzugehen. Zottel spitzte die Ohren, dann begann er sich im Rhythmus der Musik in zierlichen Pirouetten um sich selbst zu drehen. Das Publikum klatschte im Takt mit.

Im Sattelgang wurden die Elefanten unruhig. So lange mußten sie doch sonst nicht warten! Sie begannen mit ihrer Lieblingsbeschäftigung – mit dem Rüssel Sand aufzunehmen und sich genüßlich damit zu duschen. Bald sahen die rotgoldenen Schabracken aus, als wären sie damit durch einen Wüstensturm gelaufen.

Dann entdeckte die alte Elefantendame Nellie, die als erste in der Reihe stand, einen mit Wasser gefüllten Eimer. Wasser war um vieles besser als Sand, und sie tauchte den Rüssel tief hinein. Der Befrackte, der um seine Elefantenvorführung fürchtete, schob sich an ihr vorbei und winkte zum Orchester hinauf.

„Aufhören! Aufhö ...“ Der Rest erstickte glucksend unter einem Schwall Wasser.

Doch jetzt wurde Babsie eifersüchtig, die nächste in der Reihe der Elefanten. Sie drängte sich an Nellies Seite und versuchte ihr den Eimer zu entreißen. Vergeblich scheuchte der Befrackte sie zurück. Babsie ergriff den Eimer und schwang ihn triumphierend durch die Luft. Das Wasser schwappte nach allen Seiten, und Zottel wurde kräftig geduscht.

Das Publikum kreischte vor Wonne.

Jetzt flog der Eimer in hohem Bogen in die Manege, genau vor Zottels Hinterbeine. Zottel entledigte sich des lästigen Gegenstands mit einem gezielten Huftritt und tollte weiter, er war jetzt richtig in Stimmung. Der Eimer ging auf den Würstchenverkäufer nieder und stülpte sich ihm über den Kopf.

Das Orchester ging zu einer anderen Melodie über, und Zottel stand erschöpft still. Er schnaubte, schüttelte sich heftig, dann sah er vergnügt ins Publikum, als wenn er sagen wollte: Und was soll ich euch jetzt noch zeigen?

Irgend etwas juckte ihn auf dem Rücken, Sand rieselte auf ihn herab. Zottel schüttelte ihn ärgerlich ab. Jetzt wurde er sanft von hinten angestoßen. Zottel sah sich um.

Entsetzt schrak er zusammen. Ein riesiger Elefant stand hinter ihm, die Ohren aufgestellt, den Rüssel drohend erhoben! Zottel zog den Schweif ein und trabte mit gesenktem Kopf nach draußen. Hinter ihm donnerte der Applaus, und das Publikum rief im Chor: „Bravo! Bravo!"

Aus der Dunkelheit tauchte Bille auf und legte die Arme um Zottels Hals. Sie hatte Zucker in der Hosentasche und klopfte und streichelte ihr Pony zärtlich. Dann begann sie sein schweißnasses Fell mit Stroh abzureiben.

„Du bist wirklich ein toller Kerl", flüsterte sie. „Du dummes, unmögliches, geliebtes Zotteltier!"

Große Pläne

Zum Glück hatte Zottels unfreiwilliger Auftritt kein böses Nachspiel. Florian behielt recht: Der Publikumserfolg gab den Ausschlag. Was zählten ein paar blaue Flecke, eine kaputte Pauke und eine zerfetzte Uniform gegen die Riesenreklame, die das Publikum überall in der Stadt machte! Alle Vorstellungen waren bereits am nächsten Tag ausverkauft, man brauchte sich um das Futtergeld für die Tiere nicht mehr zu sorgen.

„Welch ein Komiker!" hatte der Direktor gesagt. „Ein Jammer, daß so ein Talent für die Zirkuswelt verloren ist! Wollen Sie es sich nicht doch noch einmal überlegen? Er wäre bei uns in den besten Händen!" Und er hatte Zottel lange zum Abschied den Hals getätschelt.

Als Simon am Abend von Zottels Abenteuer erfuhr, hörte er gar nicht mehr auf zu lachen. Bille schaute ihn nachdenklich an.

„Weißt du, daß ich dich schon seit Wochen nicht mehr habe lachen sehen? Manchmal habe ich den Eindruck, als sei ich für dich gar nicht mehr vorhanden."

„So ein Quatsch!" Simon schloß Bille in die Arme und drückte sie so fest an sich, daß es weh tat. „Ich bin nur total fertig mit diesem blöden Abitur und der vielen Reiterei. Ich schlafe zuwenig und habe zu nichts anderem mehr Zeit. Aber das geht ja vorüber. Du mußt einfach ein bißchen Geduld mit mir haben."

„Die habe ich. Ich wünschte nur, ich könnte dir irgendwie helfen", sagte Bille bedrückt. „Oder irgend etwas für dich tun!"

„Hm, laß mich mal nachdenken. Na schön, ich weiß was. Küß mich, und dann setz dich hierher, nimm meinen Kopf in den Schoß, streichle meine Stirn und sage alle zwei Minuten leise: ‚Mein armer, armer Liebling, wie hast du es schwer!' Wäre das in deinem Sinne?"

„Spinner!" Bille gab ihm einen zärtlichen Schubs. „Ich hab dich unheimlich lieb!"

Das Erlebnis im Zirkus hatte unerwartete Nachwirkungen. Denn als man sich am nächsten Tag im Internat zu einer Besprechung zusammensetzte, um zu überlegen, wie man den Elternbesuchstag gestalten könnte, sprang Mini plötzlich auf.

„Warum machen wir in der Reithalle nicht ein Zirkusprogramm? Eine Mischung zwischen Reitvorführungen und Zirkusnummern? Alle könnten da mitmachen, sogar die Lehrer! Wir zeigen Akrobatik, Clown-Szenen, Dressur und Voltigieren, wir können musizieren und Tänze vorführen ... Es muß doch nicht immer das ewig gleiche Weihnachtsspiel sein, das alle machen. Schließlich sind wir ein Reiterinternat!"

„Mini hat recht, das ist die Idee!" rief Franca. „Schließlich ist die Reithalle das Zentrum unseres Lebens hier. Warum also sollen wir nicht auch unsere Vorführung dorthin verlegen? Laßt uns abstimmen – wer ist dafür?"

Es zeigte sich, daß alle von diesem Plan begeistert waren, und sofort begannen die Beratungen, wie man das Programm zusammenstellen sollte.

„Ignaz der Schreckliche müßte als Kraftmensch auftreten oder als Feuerschlucker, das würde zu ihm passen", meinte Beppo.

„Herr Hütter muß Zirkusdirektor werden, das ist doch klar. Er wird sowieso eine Ansprache halten."

„Na schön, er gibt die Einführung in die Show und kündigt die Nummern an. Und weiter?"

„Dann die Voltigiernummer!"

„Nein, die bildet den Höhepunkt, die muß später drankommen!"

„Also gut, dann Dressur. Mannschaftsreiten oder so was."

„Ja, das ist gut, es muß eine langsame Steigerung geben. Als nächstes ..."

„Beppo, mit Zitronen longierend!"

„Kann er doch gar nicht."

„Eben drum. Und danach Herr Vorwald, wie er Fräulein Weber durchsägt ..."

„Das geht nicht, die ist so kitzlig."

„Kinder, macht keinen Blödsinn, konzentriert euch! Wir haben nicht mehr viel Zeit", mahnte Peter. „Also noch mal von vorn ..."

Bille erfuhr von den Plänen, als sie am nächsten Tag nach getaner Arbeit im Schulstall auftauchte. In den Boxen und in der Stallgasse herrschte Hochbetrieb. Während eine Gruppe mit dem Reitlehrer drüben in der Halle arbeitete, eine andere mit Ignaz dem Schrecklichen im Unterrichtsraum etwas über Wurmbefall bei Pferden und dessen Heilmethoden durchnahm, war die dritte Gruppe damit beschäftigt, das allwöchentliche Großreinemachen im Stall zu erledigen. Ein besonders gründliches Ausmisten und Putzen der Boxen, der Fenster, Lampen, Schränke und Regale in Stall, Futterkammer und Geräteräumen.

Die Reitschüler des Internats wechselten sich wöchentlich

bei dieser nicht sehr beliebten Arbeit ab, die von manchem insgeheim als reine Schikane betrachtet wurde, die aber gerade diesen sehr gut bekam. Denn außerhalb dieses Großputztages machten sie einen weiten Bogen um solcherlei Pflichten.

Derjenige, der sich am meisten über diese Arbeit empörte, war Beppo. Pferde putzen konnte er freiwillig stundenlang, aber schon das Einfetten der Sättel und des Zaumzeugs erklärte er kategorisch für Frauenarbeit, ähnlich dem Wäschewaschen und Bügeln. Und Boxen auszumisten war in seinen Augen absolut das Schlimmste, was man einem Menschen zumuten konnte.

So versuchte er auch heute wieder, sich aus dieser ungeliebten Aufgabe herauszumogeln. Als er Bille die Stallgasse heraufkommen sah, stöhnte er herzzerreißend.

„Was ist los? Hast du dich verletzt?" fragte Bille erschrocken.

„Ach . . ., nichts", gab Beppo in jammervoll klagendem Ton von sich und stieß tapfer entschlossen die Forke in einen Strohballen, um gleich darauf wieder aufzustöhnen.

„Gib doch nicht so an", sagte Franca trocken, die in der Nachbarbox arbeitete.

„Angeben? Angeben? Schaut euch das an!" zeterte Beppo los. „Schon die zweite Wasserblase! Und an der linken Hand habe ich auch eine! Das kann eine Blutvergiftung geben!"

„Die armen Patschhändchen! Das hat man nun davon, wenn man solche Samtpfötchen hat wie du."

„Zeig her", sagte Bille kameradschaftlich. „Na ja, so schlimm ist es nicht. Du solltest ein Pflaster draufmachen, damit kein Schmutz reinkommt. Ich löse dich so lange ab."

„Danke, meine Süße!" Beppo nahm ihren Kopf, drückte ihr einen schmatzenden Kuß auf die Stirn und war verschwunden.

„Den siehst du heute nicht wieder", brummte Franca. „Du fällst auch auf jeden Trick rein."

Peter, der mit einem Eimer aus der Box gegenüber trat, grinste breit.

„Jetzt wird er sich um jede Hand einen dicken Verband wickeln und sich mit seinem heißgeliebten Schmöker aufs Bett verziehen. Und uns erzählt er nachher, er habe Latein gelernt."

„Das soll er sich nur trauen! Der hat doch in Latein noch nie was gewußt, wenn er gefragt wurde!" sagte Franca.

„Was wetten wir?"

Im Unterrichtsraum wurden Stühle gerückt, die Stunde war zu Ende. Gleich darauf betrat Ignaz der Schreckliche den Stall, um sich mit Luzifer noch ein bißchen Bewegung zu machen. Auf dem Weg zur Sattelkammer bemerkte er Bille in Darlings Box.

„Was machen Sie denn hier?"

„Ich miste aus."

„Das sehe ich. Sie wissen genau, was ich meine."

„Nun ja, ich habe Beppo nur für einen Augenblick vertreten. Er muß sich ein Heftpflaster holen."

„So."

Ignaz der Schreckliche verschwand in der Sattelkammer. Als er fünf Minuten später wieder erschien, warf er einen argwöhnischen Blick zu Darlings Box hinüber.

„Wo holt er denn das Heftpflaster? In der Apotheke in Neukirchen?" grollte sein Opernbaß durch den Stall. „Gestehen Sie! Dem Burschen ist es wieder gelungen, einen Dummen zu finden, der seine Arbeit macht!"

„Oh, ich weiß nicht, möglicherweise konnte er wegen der Blasen an den Händen nicht weitermachen und ist gleich an seine Arbeit gegangen. Er wollte, glaube ich, Latein machen."

„Aha. Wenn das stimmte, wäre es ausgesprochen klug von ihm. Nun ja, wir werden sehen."

„Kinder, wir müssen Beppo unbedingt warnen!" flehte Bille, als Ignaz der Schreckliche mit Luzifer den Stall verlassen hatte. „Der wird morgen garantiert ausgefragt!"

„Machen wir, ist doch klar."

In diesem Augenblick – Peter fegte gerade die letzten Strohhalme zusammen – erschien Beppo mit dem Ausdruck äußersten Arbeitseifers.

„Nanu, ihr seid schon fertig? Ich wollte gerade weitermachen!"

„Ach, wirklich?"

„Nun ja, es hat ein bißchen länger gedauert... Ich sah da mein Lateinbuch auf dem Bett liegen und bin schnell noch mal den Text für morgen durchgegangen."

„So, du hast also wirklich Latein gelernt?" fragte Bille.

„Das sage ich doch! Und wie!"

Peter trat auf ihn zu und sah ihm prüfend ins Gesicht.

„Du willst also allen Ernstes behaupten, daß du die ganze Zeit Latein gepaukt hast, verstehe ich das richtig?"

Beppo legte die Hand aufs Herz.

„Aber ja! Glaubst du mir etwa nicht?"

„O doch. Dann ist ja alles in Ordnung."

Als am nächsten Morgen die Lateinstunde begann, tat Ignaz der Schreckliche zunächst so, als bemerke er Beppo gar nicht. Er ließ Bettina ein Stück übersetzen, und Beppo entspannte sich gutgelaunt.

„Fahren Sie bitte fort, Beppo."

Beppo träumte von der hübschen Barbara aus der Neunten.

„Santini!"

„Äh..., ja, bitte?"

„Ich bat Sie, fortzufahren."

Beppo starrte ins Buch. Ein hilfreicher Finger tippte auf die Stelle, die jetzt drankam.

„Die Etrusker . . ., die Etrusker . . . kochten . . ."

„Nein, gekocht haben sie wirklich nicht, es sei denn vor Wut darüber, von Ihnen so mißachtet zu werden. Also?"

„Ja, also die Etrusker . . ., die Etrusker . . ."

„Unsere Spannung wächst, zu erfahren, was die Etrusker trieben."

Beppo überschlug blitzschnell seine Chancen. Von den anderen war keine Hilfe zu erwarten, Ignaz der Schreckliche fixierte sie mit Adleraugen, auch nicht die kleinste Lippenbewegung entging ihm. Und er hatte nicht ein einziges Mal ins Buch geschaut, um sich vorzubereiten, es war sinnlos, so zu tun, als hätte er gelernt. Ignaz der Schreckliche würde ihn die ganze Stunde auf kleiner Flamme kochen lassen, bis nichts mehr von ihm übrig war! Da war es schon besser, ihn gleich mit einem Geständnis milde zu stimmen. Dann gab es eine Extrastudierstunde unter Aufsicht, in die er – wenn er Glück hatte – seinen Krimi einschmuggeln konnte, ohne daß der Lehrer es merkte.

„Nun, was war mit diesen Etruskern?"

„Ehrlich gesagt, ich weiß es nicht. Es ist schon so lange her."

„Sie haben sich diese Lektion nicht angesehen?" fragte Ignaz der Schreckliche sanft.

„Nein, ich . . ., es tut mir leid, aber ich hatte Stalldienst und so wenig Zeit und . . ."

„Sie waren sozusagen verhindert."

„So ist es!" sagte Beppo erfreut.

„Weil Sie Blasen an den Händen hatten."

„Ja . . ., äh, nein, natürlich nicht deswegen, ich . . ." Beppo strahlte Ignaz den Schrecklichen treuherzig an, ließ seine Grübchen spielen und zeigte einen samtweichen Jungehundeblick. „Ich hab's vergessen, tut mir leid. Ich nehme das

„Eine Woche lang jeden Tag drei Boxen ausmisten, mein Junge!“ rief Ignaz der Schreckliche

Nachsitzen freiwillig auf mich.“

Ignaz der Schreckliche zog hörbar die Luft durch die Nase. „Nachsitzen?“ brüllte er. „Hat hier jemand was von Nachsitzen gesagt? *Nachmisten* werden Sie, mein Junge! Eine Woche lang jeden Tag drei Boxen ausmisten! Und daß das gründlich geschieht, davon werde ich mich persönlich überzeugen!“

Gewitter im Stall

„Hast du dir denn schon überlegt, was du Inge zu Weihnachten schenken willst? Und dem Kleinen?“

„Mutsch! Ich habe bis jetzt überhaupt keine Zeit gehabt, darüber nachzudenken!“

„Na, du bist gut! In einer Woche ist Heiligabend! Wie stellst du dir denn das vor? Schlimm genug, daß du dir noch nicht mal die Mühe gemacht hast, ein paar Plätzchen zu backen! Ich kann doch nicht alles allein machen, den ganzen Tag im Laden und abends den Haushalt! Hast du dich denn wenigstens um die Weihnachtspost gekümmert?“

„Nein! Und ich habe auch noch keine Ahnung, was ich dir zu Weihnachten schenken soll und Onkel Paul und Simon und Bettina und Daddy und Tom und ...“

„Hör schon auf! Du tust ja gerade, als wärst du hier die einzige, die arbeiten muß! Was sollen Onkel Paul und ich sagen? Den ganzen Tag den Vorweihnachtstrubel im Geschäft und abends die Büroarbeit – was glaubst du denn, wie es bei uns jetzt zugeht?“

„Ja, Mutsch, ist ja gut, entschuldige!“ sagte Bille gereizt. „Nun reg dich nicht auf. Ich mach ja alles noch, keine Sorge!“

„Fragt sich nur, wann.“

„Wenn ich Zeit habe!“ antwortete Bille weinerlich. „Bis jetzt hatte ich wirklich noch keine Gelegenheit!“

„Andere Töchter berufstätiger Mütter machen neben der Schule noch den halben Haushalt!“

„Die reiten auch nicht.“

„Es ist alles eine Frage der richtigen Zeiteinteilung!“ Mutsch legte mit ruckartigen Bewegungen ein paar Frottiertücher zusammen, um sie dabei in die richtige Form zu ziehen. „Ich habe immer zwei bis drei Berufe gehabt. Das Geschäft, den Haushalt, den Garten, euch Kinder. Wenn ich nur an die Buchhaltung denke, die ich oft noch bis in die Nacht hinein habe machen müssen! Aber ich bin immer mit allem fertig geworden. Man muß nur im voraus richtig planen, dann kommt man am Ende auch nicht ins Gedränge. Immer alles auf die letzte Minute, das ist doch nichts, Kind, das weißt du doch selber", fügte sie begütigend hinzu.

„Klar weiß ich das! Nur läßt es sich im Moment leider nicht ändern. Die Schule, die Pferde, dann die vielen Proben für den Elternbesuchstag, das Herstellen der Requisiten. Sag mir bitte, wie ich mich da zwischendurch hinsetzen und Geschenke basteln soll oder Plätzchen backen!"

„Hättst dir eben im November schon Gedanken machen sollen darüber. Du wußtest doch, daß ihr vor Weihnachten etwas proben würdet für den Elternbesuchstag. Und daß es da auch sonst immer besonders viel Arbeit gibt."

„Ach, Mutsch, jetzt hör schon auf! Ich bin todmüde."

Aber wenn die Mutter einmal in Fahrt war, dann ließ sie sich nicht so leicht bremsen, dann wollte sie auch alles loswerden, was sich bei ihr aufgestaut hatte. Wann sah sie denn ihre Tochter schon mal? Am Abend eine Stunde beim Abendessen, wenn überhaupt. Danach hockte sie in ihrem Zimmer über ihren Schulbüchern, um das nachzuholen, was sie über dem Reiten versäumt hatte. Die Turnierpreise, die Erfolge, die lobenden Zeitungsartikel, waren die ein Trost dafür, daß man sich nicht mehr sah? Denn am Wochenende war Bille nur noch bei den Pferden, daran hatten sie sich gewöhnen müssen. Oder sie war mit Simon zusammen – was so ziemlich das gleiche war.

„Es gefällt mir einfach nicht, wie du dein Leben nur noch für die Pferde opferst. Die Familie bleibt dabei auf der Strecke!"

murrte sie. „Und für andere Interessen hast du schon lange keine Zeit mehr. Wenn ich da an deine früheren Schulkameradinnen denke! Heike spielt zwei Instrumente und ist beim Laientheater dabei. Helga ist im Schwimmclub, spielt im Sportverein Tischtennis und singt im Kirchenchor. Und Evi malt und töpfert und ist Mitglied des Jugendorchesters. Wann hast du denn zuletzt ein gutes Buch gelesen, oder warst auch nur mal mit zum Tanzen? Die anderen haben immer wieder angefragt, ob du nicht Lust hättest, mal ..."

Bille ging einfach aus dem Zimmer. Sie wollte Mutsch nicht weh tun, aber sie spürte genau – noch eine Minute länger und sie hätte losgebrüllt, und es hätte einen Riesenkrach gegeben.

Denn daß Mutsch im Grunde genommen recht hatte, wußte sie ganz genau. Das machte es ja gerade so schlimm. Wenn sie abends todmüde ins Bett sank, fragte sie sich oft, ob sie jemals wieder Zeit finden würde, ein Buch zu lesen, ins Kino zu gehen oder ins Theater. Sie schwamm für ihr Leben gern und fand Tischtennis herrlich. Aber wenn sie im Internat jemand zu einer Partie einlud, lehnte sie bedauernd ab, weil sie Pferde bewegen mußte oder im Stall zu tun hatte.

Kam sie abends nach Hause, dann mußte sie für die Schule arbeiten oder ihre Reitstiefel putzen, ihre Sachen in Ordnung bringen, etwas nähen oder bügeln. Danach schaffte sie es gerade noch, in die Badewanne zu steigen oder sich die Haare zu waschen, dann sank sie wie ohnmächtig ins Bett.

Einmal hatte sie mit Bettina darüber gesprochen.

„Du bist doch selber schuld daran, wenn du so abgehetzt bist", hatte Bettina gesagt. „Dein Unglück ist ganz einfach, daß du nicht nein sagen kannst! Kommt jemand mit einer Bitte zu dir, sagst du ‚klar, okay, mach ich!', noch ehe der andere ausgesprochen hat. Du denkst überhaupt nicht darüber nach, ob diese Bitte nicht vielleicht eine Zumutung ist, die du mit gutem Gewissen ablehnen kannst! Aber ich glaube, du willst es auch gar nicht. Kein Mensch verlangt von dir, daß du so viel im Stall und mit den Pferden arbeitest, du könntest die Hälfte davon den anderen überlassen. Aber du – du bist besessen davon, alles selber machen zu wollen! Wahrscheinlich ist dir kein anderer gut genug, was weiß ich, was die Pferde betrifft muß ja bei dir immer alles perfekt sein. Du bist so verbohrt, daß du gar nicht merkst, wie du dich immer mehr festfährst. Das ist doch Krampf, Bille. Das mußt du doch einsehen!"

Bille war wütend gewesen. Bettina hatte gut reden. Die ritt zwei Pferde täglich, kümmerte sich um ihr Sternchen und Daniels Asterix, wenn Daniel nicht daheim war. Und wenn sie mal keine Zeit oder keine Lust hatte, wurden Sternchen und ihr kleines Fohlen Stella einfach auf die Koppel geschickt. Der Haflingerstute machte es nichts aus, wenn sie bei jedem Wetter draußen war. Und auf Turniere mußte sie sich auch nicht vorbereiten – Bettina beschränkte sich auf die Freizeitreiterei. Da konnte sie sich natürlich allen möglichen anderen Dingen widmen: Sie las viel, hörte Musik und begleitete Herrn und Frau Henrich regelmäßig ins Theater oder Konzert. Und was ihre Weihnachtsgeschenke betraf, hatte sie überhaupt keine Probleme! Da sie so viel malte und fotografierte, brauchte sie am Ende des Jahres nur zu entscheiden, wem sie welches ihrer Werke verehren wollte.

Außerdem hat sie Phantasie! dachte Bille verbittert und knallte ihre Zimmertür geräuschvoll hinter sich zu. Bettina fällt immer etwas Originelles ein; die macht auch noch aus einer Handvoll trockener Blätter etwas oder aus ein paar alten Hosenknöpfen. Sie macht eine Collage oder schreibt ein lustiges Gedicht, backt einen Kuchen oder eine Pastete, um jemanden damit zu überraschen, und das alles im Handumdrehen. Alles ist bei ihr wie ein Spiel, wie ein reines Vergnügen. Und ich?

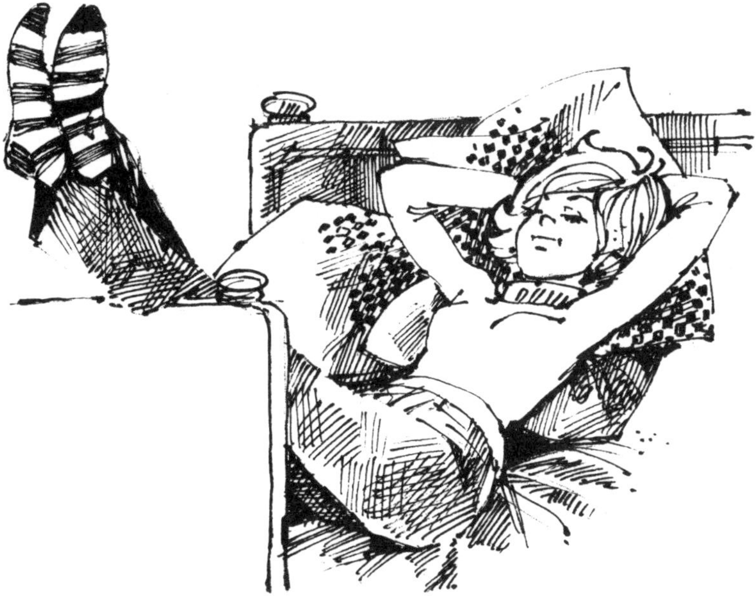

Bei Bettina wirkte eben alles wie ein Spiel, dachte Bille wütend

Bille warf sich angezogen aufs Bett und schloß die Augen. Am liebsten wäre sie gleich eingeschlafen. Aber Mutschs Vorwürfe hallten ihr noch in den Ohren. War es denn wirklich so schlimm, wenn ihr Leben ganz und gar den Pferden gehörte? Wie hatte Daddy damals zu ihr gesagt – ein Reiter, der ungebildet ist und außer ein paar Kenntnissen über Pferde nichts im Kopf hat, der taugt nichts. Wer als Reiter wirklich zur Spitzenklasse zählen will, der sollte auch andere Interessen pflegen, sollte lesen und sich weiterbilden und mit wachen Augen durch die Welt gehen, nicht mit Scheuklappen. Denn was wäre, wenn er eines Tages so erfolgreich wird, daß er so eine Art Aushängeschild für sein Land wäre? Er wird Interviews geben müssen, wird im

Fernsehen erscheinen, man wird ihn sehr genau unter die Lupe nehmen, seine Manieren, sein menschliches Verhalten, sein Wissen. Für so etwas kann man keine Dummköpfe gebrauchen! Und sie hatte sich immer vorgenommen, seinem Idealbild eines Reiters ähnlich zu werden: bescheiden, intelligent, mit einem fundierten Wissen, guten Manieren, einem wachen Interesse für alles, was auf der Welt vorgeht, und echter Tierliebe.

„Müde – lächerlich!“ sagte Bille laut und sprang auf. Sie ging in die Küche hinunter und braute sich einen starken Tee. Dann setzte sie sich an ihren Schreibtisch, holte das Briefpapier heraus, verzierte ein paar Seiten mit kleinen Zeichnungen, Kerzen, Tannenzweigen und Sternchen und schrieb ihre Weihnachtspost.

Es war lange nach Mitternacht, als sie schließlich noch ein weißes Blatt zur Hand nahm und eine Liste derjenigen aufstellte, denen sie etwas zu Weihnachten schenken wollte. Hinter jeden Namen setzte sie einen Vermerk, was für denjenigen in Frage kam. Zufrieden mit sich taumelte sie, frierend und übermüdet, gegen halb zwei ins Bett.

Am nächsten Morgen während des Unterrichts fühlte sich Billes Kopf an wie ein hohler Kürbis. Sie hatte alle Mühe, nicht einzuschlafen, und mußte immer wieder bei Bettina nachfragen, wovon im Augenblick da vorn die Rede war.

„Du siehst so blaß aus!“ fragte Bettina in der Pause. „Bist du krank?“

„Nur ein bißchen müde. Hab heute nacht meine Weihnachtspost erledigt.“

„Alle Achtung! Das habe ich bis jetzt noch nicht geschafft... Du solltest dich nach dem Essen hinlegen, damit du heute nachmittag nicht aus dem Sattel fällst. Nico tritt dir bestimmt gern ihr Bett ab.“

„Ach was, wenn ich über den toten Punkt bin, kann ich

stundenlang weitermachen."

Bille aß mittags im Internat. Nach dem Essen war es den Schülern freigestellt, an einer der drei Studierzeiten teilzunehmen, je nachdem, in welcher Gruppe sie Reitunterricht oder Stalldienst hatten, oder ob sie sich zu einem Ausritt angemeldet hatten. Der Nachmittag war in drei solche Studierzeiten eingeteilt, und Bille bevorzugte meistens die erste, gleich nach dem Mittagessen, um dann den ganzen Nachmittag und Abend für ihre Pferde zu haben. Was sie nicht geschafft hatte, wurde vor dem Schlafengehen zu Hause erledigt.

Ein solcher Tag war heute.

„Die spinnen doch!" maulte Franca. „Uns so viel aufzugeben, wo sie genau wissen, daß wir allein drei Stunden für die Proben benötigen!"

„Was willst du machen – die Zeugnisse!" seufzte Bettina. „Tröste dich, in acht Tagen gibt's Ferien, dann kannst du dich drei Wochen lang erholen."

Bille fühlte, wie sie von einer großen Wolke aus Mutlosigkeit eingehüllt wurde. Alles schien auf einmal grau und hoffnungslos. Ferien, ja – und dann werde ich doppelt so viele Pferde reiten, doppelt so viel im Stall arbeiten und in der Zwischenzeit Simon abhören und ihm helfen, so gut es geht. Gibt es das, daß man die Pferde und das Reiten so liebt wie ich und trotzdem der Punkt kommt, an dem man das alles zum Teufel wünscht?

Sie quälte sich mehr schlecht als recht durch die Studierzeit, hatte nur knapp die Hälfte geschafft und verschob den Rest auf den Abend. Es würde zwar spät werden, denn nach dem Abendessen hatte sie im Internat noch zwei Stunden Probe für die Weihnachtsvorführung, aber was half es ... Wenn sie bloß gewußt hätte, wann sie sich um die Geschenke kümmern sollte!

In der Halle lief ihr Frau Körber über den Weg.

„Bille, fein, daß ich dich gerade treffe! Ich habe hier eine Liste mit Requisiten, die wir noch für die Vorstellung brauchen: Kartons, leere Waschmitteltonnen, Glanzpapier, Klebeband, Schnur und eine Wäscheleine. Könntest du uns das aus eurem Laden besorgen? Wir brauchen die Sachen möglichst heute, und ich komme so schlecht hier weg, ich habe Aufsicht bis zum Abendessen."

„Aber unser Laden ist in Leesten drüben und nicht in Wedenbruck. Und ich komme heute nicht mehr hinüber."

„Das ist dumm. Was machen wir bloß? Und wenn du deine Mutter anrufst und sie bittest?"

„Okay, geben Sie her, ich werde sehen, was ich machen kann."

Bille nahm den Zettel an sich und ging. Anrufen und die Sachen telefonisch bestellen – in der Hektik des Weihnachtsbetriebs würde Mutsch darüber nicht begeistert sein. Außerdem kam sie heute nicht vor zehn Uhr abends heim, dann war es zu spät. Sie mußte sich selbst um die Sachen kümmern. Wenn sie sich mit den Pferden beeilte, konnte sie kurz vor Ladenschluß in Leesten sein und im Lager heraussuchen, was sie brauchte. Vielleicht fuhren Simon oder Tom sie mit dem Wagen hinüber, dann war sie pünktlich zur Probe wieder hier.

„Du, Bille ..."

„Hallo, Mini! Ich hab dich gar nicht gesehen."

„Wenn du nach Leesten rüberfährst, könntest du mir dann etwas mitbringen? Ich brauche unbedingt einen kleinen Topf grüne Ölfarbe, um das Geschenk für meine Mutter anzumalen, und einen Pinsel und Terpentin, und ich kann hier nicht weg, weil wir heute ..."

„Schätzchen, Ölfarbe haben wir nicht im Sparmarkt. Die kriegst du nur im Fachgeschäft in Neukirchen."

„Ach du lieber Himmel! Da komm ich ja nie hin! Was soll ich denn jetzt tun? Niemand im Internat hat die Farbe, die ich brauche, ich hab schon überall gefragt!" jammerte Mini.

„Ich glaube, mein Schwager Thorsten müßte welche haben. Ich gehe heute abend bei ihm vorbei und bringe dir welche mit, okay?"

„Du bist ein Engel!"

„Manchmal."

Bille stürmte nach draußen und atmete tief ein. Die frische Luft tat ihr gut. Am besten, sie ging mit Black Arrow ins Gelände, dann fühlte sie sich sicher gleich besser. Anschließend konnte sie dann San Pietro und Troja in der Halle reiten. Vielleicht ließ sich Hubert ja auch überreden, Troja für sie zu longieren; Sinfonie wollte ohnehin Tom heute übernehmen. Um so eher kam sie nach Leesten hinüber.

Als sie in den Stall kam, war der alte Petersen allein.

„Wo ist Hubert?"

„Krank, mußte zum Doktor. Du sollst so nett sein und Simons Pferde fertig machen, er kommt um fünf."

„Mach ich, mach ich alles", sagte Bille mechanisch. „Seit wann ist Hubert denn weg?"

„Er ist heute gar nicht gekommen. Er meinte, du würdest schon für ihn einspringen."

Hubert war nicht gekommen, also war auch seine Arbeit nicht getan; die Hälfte der Pferde nicht geputzt, Iris, Donau und Santa Monica nicht bewegt und die Absetzer nicht auf der Koppel gewesen, denn allein schaffte das der alte Petersen nicht. Und Daddy war heute in Hamburg.

„Na fabelhaft. Noch mehr so gute Nachrichten?"

„Ja, Tom fragt an, ob du Sinfonie heute doch selber reiten kannst. Er hat so viel zu arbeiten."

„Warum nicht Troilus auch noch? In der Nacht hätte ich noch ein paar Stunden frei", sagte Bille sarkastisch.

Sie ging zu Black Arrow in die Box und führte den Wallach in den Putzstand. Flüchtig säuberte sie ihn, kratzte die Hufe aus und holte Sattel und Zaumzeug. In ihrer Hast stieß sie sich zweimal den Ellbogen und brach sich beim Sattelauflegen einen Nagel ab. Wenn schon, denn schon, dachte Bille ergeben.

Sie ritt am Schulstall vorbei und hielt nach einem der Klassenkameraden Ausschau. Es war niemand zu sehen, nur der dicke Martin zog Rumpelstilzchen über den Hof.

„Martin, kannst du mir einen Gefallen tun? Ich brauche jemanden, der in einer halben Stunde Black Arrow trockenreitet. Ich hab noch drei Pferde zu reiten und muß um sechs fertig sein. Organisierst du mir das? Derjenige soll um Viertel vor vier vor der alten Reithalle sein."

„Okay."

Bille war nicht einmal erstaunt, daß niemand dort war, als sie nach einem scharfen Galopp mit dem dampfenden Black Arrow vor der Reithalle hielt. Sie nahm es mit Humor. Der Ritt durch die frische Luft hatte ihr gutgetan. Sie ließ den Rappen im Schritt ein paar Runden durch die Halle gehen, dann sattelte sie ihn ab und warf ihm eine Decke über, bis er völlig trocken war.

Auf das Putzen von Troja verzichtete sie ganz, es war wichtiger, daß die Stute bewegt wurde. Nach Troja nahm sie Sinfonie an die Longe, ließ die Stute tüchtig laufen und kam nach einer halben Stunde mit ihr in den Stall zurück, um sich San Pietro zu holen.

Sinfonie hatte mal wieder ihren besonders hysterischen Tag. Als Bille ihr das Zaumzeug abnahm, schlug sie den Kopf hoch und verpaßte Bille einen schmerzhaften Kinnhaken, so daß sie einen Moment wie benommen war. Als sie aus der Box trat, steckte Tom seinen Kopf durch die Stalltür.

„Sag mal, bist du mir sehr böse, wenn ich dich bitte, Troilus auch noch zu übernehmen? Ich stecke in meiner Arbeit hoffnungslos fest."

Bille biß sich auf die Lippen.

„Na gut", sagte sie gottergeben. „Weil du's bist. Kurz vor der Probe schaffe ich es vielleicht noch. Im schlimmsten Fall muß ich ihn in der Halle laufen lassen und nach der Probe wieder in die Box bringen."

„Wenn du ihn reiten könntest, wär's natürlich schön, er hat gestern gestanden."

„Ich versuch's. Sowie ich aus Leesten zurück bin, wenn Simon mich rüberfährt. Abendessen adieu ..."

„Wie bitte?"

„Ach nichts."

Draußen bremste Simon geräuschvoll seine Ente, er war sicher wieder gefahren wie der Teufel. Und seine Pferde waren noch nicht fertig! Bille raste los, um Sattel und Zaumzeug zu holen. Simon stürmte herein.

„Kinder, ich habe höchstens eine Stunde Zeit, dann muß ich wieder an die Arbeit! Alles fertig?"

„Sofort!"

Als sie mit Sattel und Zaumzeug zurückkam, standen Simon und Tom vor Nathans Box und schwatzten und blödelten miteinander.

„Darf ich mal vorbei?"

Simon trat zur Seite und schob die Tür zu Nathans Box auf.

„Was denn, wie sieht denn der aus! Und so willst du ihn satteln? Dieses völlig verdreckte Pferd? Wieso ist er eigentlich noch nicht fertig? Ich habe doch angerufen, daß ich um fünf Uhr hier bin und nur ganz kurz Zeit habe!"

„Weil ich vorher noch ganz schnell drei Pferde reiten mußte, großer Meister, und nachher noch zwei reiten muß und doppelt so viele putzen, aber das macht ja nichts, ich hab ja heute abend nur noch zwei Stunden Probe und zwei Stunden für die Schule zu arbeiten, wenn ich in Leesten die Besorgungen für Frau Körber gemacht habe, weil ..., weil ...“ Bille schluckte, aber die Tränen stiegen unaufhaltsam hoch. Sie feuerte Simon den Sattel vor die Füße. „Ach, macht doch euern Scheiß allein!“

Dann rannte sie nach draußen, sah sich einen Augenblick ratlos um, knallte keuchend die Tür hinter sich zu und verschwand im Stutenstall. Dort war sie jetzt ungestört; der alte Petersen ging eben zum Fohlenstall hinüber.

Bille schlich sich zu Donau in die Box und verkroch sich weinend im Stroh. Die mütterliche Stute beschnupperte zart ihr Gesicht, Bille spürte das samtweiche Maul auf ihrer Stirn.

Es dauerte nicht lange, da wurde vorsichtig die Tür der Box aufgeschoben. In ihrem wilden Schluchzen hörte es Bille nicht. Simon kniete sich neben ihr nieder und streichelte ihren Rücken. Dann stand er auf, zog sie zu sich hoch und schloß sie in die Arme.

„He! He, du!“ Ganz sacht begann er die Tränen von ihrem Gesicht zu küssen. „Sag mir, was los ist, komm ...“

Bille berichtete stockend, was sie seit Wochen bedrückte, wie die Last von Tag zu Tag schwerer geworden war, die Anforderungen drohten sie zu ersticken. Dabei wiegte Simon sie wie ein kleines Kind und hörte nicht auf, sie zu streicheln.

„Paß auf“, sagte er schließlich. „Tom wird dich jetzt nach Leesten rüberfahren. Ich reite inzwischen eure Pferde. Und anschließend setzt er dich zu Hause ab, du machst deine Hausaufgaben und gehst dann sofort zu Bett. Das ist ein Befehl, verstanden?“

„Und die Probe?“

„Muß heute ohne dich stattfinden. Du bist krank.“

„Aber das ist unmöglich, Simon, du hast doch keine Zeit, vier Pferde zu reiten!“

„Ich nehme sie mir einfach, mein Schatz. Kein Abi der Welt

kann so wichtig sein, wie du mir bist."
„Das ist ein unheimlich schöner Satz. Kannst du den nicht noch mal sagen?"
Simon wollte mit einem Kuß antworten, aber Donau drängte ihr weiches Maul dazwischen und begann Billes Gesicht abzulecken. Bille mußte lachen.
„Da hast du's! Mein Leben ist ein einziger Dienst am Pferd – jetzt werde ich schon als Salzleckstein benutzt!"

Die Zirkusschau der Superstars

„Bitte, Bille! Verrat mir doch, was Ignaz der Schreckliche machen wird!"
„Mini, kein Wort werde ich sagen! Dann ist es doch keine Überraschung mehr!"
„Aber ich gehöre doch zu den Darstellern!"
„Trotzdem, ich habe versprochen, nichts zu verraten, und das halte ich auch. Diese zwei Stunden wirst du dich wohl noch gedulden können!"
„Ich platze vor Neugierde!"
„Dann hilf mir, die Programme auf den Sitzen auszulegen. Das wird dich ablenken."
Groß-Willmsdorf hatte schon lange nicht mehr so festlich ausgesehen wie an diesem Tag. Das Portal war von einer Tannengirlande umkränzt, die Auffahrt frisch geharkt, der Hof blitzte vor Sauberkeit. Im Schloß wetteiferten Zimmer und Säle um den Preis für die schönste Adventsdekoration, ein verführerischer Duft nach Weihnachtsgebäck mischte sich mit dem würzigen Geruch der Kiefern-, Tannen- und Fichtenzweige, die in großen Vasen überall verteilt waren, und dem feinen Aroma der selbstgezogenen Wachskerzen.

Die Ställe standen dem Haus nicht nach; jede Box hatte Tannenschmuck mit roter Schleife und Weihnachtskugel am Namensschild, und es gab keinen Winkel, der nicht auf Hochglanz gebracht worden wäre.

Vor dem Tor zur Reithalle, die ebenfalls eine Tannengirlande bekommen hatte, prangte ein großes Schild mit der Aufschrift

Die Zirkusschau der Superstars
Beginn 11 Uhr

Ein dicker roter Pfeil wies zur Zuschauertribüne hinüber.

Unter der Tribüne stapelten sich Requisiten und Instrumente, und im Reitlehrerraum, der bei Turnieren als Richtertribüne diente, hatte man eine kleine Bar mit Erfrischungen aufgebaut.

„Ein paar sind schon da!“ meldete Martin, der als Kurier zwischen Haupthaus und Reithalle eingesetzt war. „Evi begleitet die erste Besichtigungstour durchs Schloß.“

„Gut!“ sagte Bille. „Laß keinen vor halb elf in den Zuschauerraum, sonst werden wir nicht fertig.“

„Die haben im Schloß sowieso genug anzugucken, wir beschäftigen sie schon. Und die Ställe kriegen sie erst nach der Schau zu sehen, damit ihr beim Aufsatteln nicht gestört werdet.“

„Lieber Himmel, bin ich aufgeregt! Ich werde sicher alles verpatzen!“ stöhnte Mini und hielt sich den Bauch.

„Unsinn! Du bist so sicher, daß du deine Nummer noch im Schlaf vorführen könntest. Nach dem ersten Sprung wird deine Aufregung wie weggeblasen sein.“

Der Parkplatz füllte sich schnell. In großen Scharen wanderten die Besucher durchs Schloß, ließen sich Klassenzimmer und Aufenthaltsräume zeigen, bewunderten die Bastelausstellung und die im Zeichensaal ausgestellten Kunstwerke ihrer Sprößlinge, warfen einen Blick in die Turnhalle und den

Physikraum und ließen sich Aula, Speisesaal und Bibliothek zeigen.

Um halb elf öffneten sich die Tore der Reithalle, und bald war die Zuschauertribüne bis auf den letzten Platz besetzt. Vom Tonband erklang festliche Musik.

Scheinwerfer flammten auf, und Direktor Hütter stieg auf das Podest, das zwei eifrige Clowns in die Mitte der Halle getragen hatten. Ein dritter brachte das Mikrofon herbei, blies prüfend hinein, erschrak übertrieben über das Geräusch, kämpfte wie ein Ertrinkender um sein Gleichgewicht, wobei er das Mikrofon steil in die Höhe hielt, als müsse er es vor der Berührung mit Wasser schützen, bis es ihm endlich gelang, es dem Direktor zu überreichen. Die ersten Lacher erfüllten die Halle. Direktor Hütter strahlte.

Vom Tonband erklang ein Tusch. Der Direktor hieß die Gäste willkommen und gab einen Überblick über das Programm, das sie in den nächsten zwei Stunden zu sehen bekommen sollten. Dann lud er sie zum anschließenden Mittagessen im Speisesaal ein und wünschte ihnen viel Vergnügen.

„Achtung – es geht los!“ wisperte Bille, während der Applaus aufbrauste.

Mit einem kräftigen Klaps schickte sie Moischele, das winzige Shetlandpony, das sie für diese Vorführung aus Wedenbruck mit herübergenommen hatte, als Nummerngirl in die Halle. Einer der Clowns ergriff Moischeles Halfter und führte das Pony im Kreis.

Jetzt ritten Nico und Florian auf Troja und Florentine in die Bahn und zeigten eine vollendet aufeinander abgestimmte Dressurvorführung, die um so eindrucksvoller war, als die beiden Stuten sich glichen wie eineiige Zwillinge. Den beiden folgte eine größere Gruppe von Schülern, ebenfalls mit einer Dressurnummer.

Für die Vorführung hatte der Zirkus großzügig Zaumzeug, Federbüsche und Kostüme ausgeliehen, das Fehlende hatten sie mit viel Phantasie selber hergestellt. Das üppige Farbenspiel verfehlte nicht seine Wirkung und deckte manchen kleinen Mangel zu.

Jetzt wurde der schwere Teppich ausgerollt. Die Marschmusik ging in flotte Tanzrhythmen über. Eine Gruppe in bunten Volkstrachten wirbelte herein und zeigte slawische Tänze. Ihnen folgte der Zauberer.

Nun kam Mini an die Reihe. Der Indianer hatte es übernommen, Luzifer zu longieren. Erwartungsvolle Stille breitete sich aus, als das zarte kleine Mädchen neben dem mächtigen Rappen erschien. Mini steckte in einem himmelblauen, mit Gold bestickten Trikot, das sie noch zierlicher erscheinen ließ. Luzifers Zaumzeug und Gurt waren ebenfalls in Blau, Weiß und Gold gehalten.

Johnny der Indianer, ganz in Schwarz gekleidet, ließ Luzifer angaloppieren. Wie ein federnder Ball hüpfte Mini ihm entgegen und schwang sich auf seinen Rücken. In den letzten Wochen hatte sie viel dazugelegt. Johnny hatte schließlich doch ihrem Wunsch nachgegeben und mit ihr gearbeitet. Jetzt stand sie leicht und sicher auf Luzifers Rücken, ließ sich auf ein Knie nieder, zeigte Fahne, Flanke und Schere, die Grundübungen, richtete im Schulterstand die Beine kerzengerade in die Höhe, stellte sich wieder auf und zeigte dreimal einen Überschlag. Wieder im Grundsitz hing sie plötzlich mit ausgestrecktem Arm seitlich am Bauch ihres Pferdes, berührte mit der Hand fast den Boden und galoppierte so eine Runde, richtete sich auf und ging in den Handstand über. Für einen Augenblick löste sie die zweite Hand vom Gurt und streckte den Arm zur Seite. Der Applaus prasselte wie ein Gewitterregen in die Manege, aber Mini nahm es gar nicht wahr. Sie stellte sich von neuem auf, und

Wie ein federnder Ball hüpfte Mini auf Luzifers Rücken

nun warf ihr der Indianer ein Springseil zu. Mini hüpfte federnd ein paarmal zur Probe, dann ließ sie das Seil durch die Luft schwingen und sprang fast ein Dutzend Mal. Lachend warf sie das Seil einem der Clowns zu und landete mit einem Salto rückwärts in der Bahn. Mit ausgebreiteten Armen rannte sie strahlend zu Johnny dem Indianer und fiel ihm um den Hals. Die Zuschauer trampelten vor Entzücken und applaudierten wie wild. Noch während der nächsten Nummern unterhielt man sich flüsternd über Minis außerordentliche Leistung.

„Na siehst du!“ sagte Bille. „Jetzt zieh dich aber schnell um, damit du dich nicht erkältest!“

„Kommt nicht in Frage!“ widersprach Mini. „Jetzt will ich die Nummer von Ignaz dem Schrecklichen sehen!“

„Dann nimm wenigstens meine Jacke.“

„Ignaz, der stärkste Mann der Welt!“ verkündete in der Manege einer der Clowns.

Ignaz der Schreckliche, in einem knielangen rotweißen Ringelleibchen, hatte sich eine Clownsnase übergestülpt und rote Apfelbäckchen gemalt. Auf seiner Glatze klebte ein kleines Toupet aus schwarzen Haaren, streng in der Mitte gescheitelt. Hinter ihm, der sich mit lautem Gebrüll an die Brust klopfte und seine Muskeln spielen ließ, wurde ein Wagen in die Halle gezogen, auf dem riesige graue Felsbrokken lagen, die allerdings in Wirklichkeit aus Schaumgummi bestanden. Dem Wagen folgte – nun nicht mehr als Nummerngirl, sondern nur noch mit einem Halfter versehen – das Pony Moischele.

Ignaz der Schreckliche tätschelte dem winzigen Pony väterlich den Hals, dann holte er ein extra für diesen Zweck entworfenes weitausladendes Tragegestell aus einer Ecke und befestigte es umständlich auf Moischeles Rücken. Er überzeugte sich ein paarmal, ob der Gurt auch festsaß, dann begann er unter furchterregendem Grollen und Brüllen die scheinbar zentnerschweren Felsbrocken vom Wagen zu heben und auf das Gestell zu packen. Jedesmal, wenn er einen der Brocken losließ, gab er Moischele einen sanften Schubs, so daß das Pony einen Schritt machte und es aussah, als zucke es unter dem Gewicht zusammen.

„Eine irre Idee!" kicherte Mini. „Man sieht Moischele unter dem Berg von Steinen kaum noch. Gleich wird er sich hinstellen und sich neben dem armen, überladenen Pony als stärkster Mann der Welt feiern lassen!"

„Warte nur ab, es kommt noch viel besser!" sagte Bille.

„Er wird doch nicht noch den Wagen draufpacken?"

„Keine Sorge."

Ignaz der Schreckliche hatte jetzt den letzten Brocken vom Wagen genommen und stemmte ihn unter furchtbarem Stöhnen mit hochrotem Kopf auf den Gipfel des Felshügels. Dann stieß er ein ohrenbetäubendes Huaaaach! aus, als wolle er sich in einen Kampf mit einem Löwen stürzen und spuckte in die Hände. Er rieb sie kräftig, beugte sich vor, senkte ein Knie, schob den Kopf unter den Bauch des Ponys und umfaßte mit den Armen Vorder- und Hinterbeine. Langsam stemmte er Moischele mitsamt seiner Last in die Höhe.

Jubelnder Beifall belohnte Ignaz den Schrecklichen für seine originelle Nummer.

„Und so was is nu Lateinlehrer", sagte Hubert zum alten Petersen. „Wie isses bloß möglich!"

Für Billes Nummer wurde in der Halle ein kleiner Parcours aufgebaut. Sie ritt für diese Vorführung die zuverlässige Troja. Zunächst zeigte sie mit einigen Mitschülern eine Folge von Sprüngen, einzeln und zu zweit nebeneinander, einstudiert wie ein Ballett. Dann verließen die anderen die Bahn, und Mini hüpfte herein.

Hinter ihr führte der Indianer den kräftigen Schimmel

Bobby herein und nahm Troja dafür in Empfang. Bille hatte ihr schwarzes Turnierjackett abgeworfen und trug nun, wie Mini, ein weißes langärmliges Hemd mit Rüschenbesatz zur schwarzen Hose. Bobbys Zügel waren am Sattel befestigt. Bille galoppierte eine Runde auf dem Hufschlag, bis die Helfer alle Hindernisse aus der Bahn entfernt hatten – bis auf eines in der Mitte. Mini hüpfte ihr entgegen, und Bille streckte den Arm aus. Leicht wie eine Feder schwang sich Mini hinter ihr auf den Pferderücken.

Vor diesem Augenblick hatte sich Bille gefürchtet. Mini im rechten Augenblick zu erwischen, schien ihr das schwerste, alles andere war dagegen ein Kinderspiel. Eine Runde galoppierten sie so zu zweit, dann nahmen sie das Hindernis. Wieder eine Runde, und Mini stellte sich hinter Bille auf. Bille streckte die Arme nach oben, und Mini faßte ihre Hände. Bobby sprang ruhig und landete so weich, daß man es kaum spürte.

Jetzt kletterte Mini auf Billes Schultern, saß dort, die Arme ausgebreitet, während Bille ihre Beine umklammert hielt. Wieder ein Sprung, kein Problem, sie hatten das gründlich geübt. Weich paßten sie sich jeder Bewegung des Pferdes an.

„Riskieren wir's?" flüsterte Mini.

„Wenn du willst – okay!" gab Bille zurück. „Toi, toi, toi!"

Sie bemühte sich, ihren Oberkörper so ruhig wie möglich zu halten und nur mit Schenkeln und Hüften Bobbys Galoppsprünge aufzufangen. Mini stellte sich – die Hände um Billes Handgelenke geklammert – auf, paßte sich geschickt dem Rhythmus des Galopps an, löste den Griff und breitete die Arme aus, während Bille ihre Hände schützend um die Fußgelenke der Kleinen legte. Bobby sprang. Mini schwankte unmerklich, riß die Arme noch einmal ein wenig höher und glitt an Billes Rücken entlang wieder hinunter. Lachend und winkend galoppierten sie noch eine Ehrenrunde und verließen die Bahn unter tosendem Applaus.

Draußen wartete Simon und fing Bille in seinen Armen auf, während Mini von ihren Freunden umringt und gefeiert wurde.

„Großartig, ihr zwei! Ich bekomme allmählich Angst, daß ich dich doch noch an den Zirkus verliere!" sagte Simon.

„Hm, warte nur, bis du mich in meiner Clownsnummer mit Happy siehst! Original von Macky Miller übernommen! Johnny hat sie mit mir einstudiert. Komm mit, ich muß mich schnell umziehen und schminken."

Simon drückte Bille an sich und sah ihr in die Augen.

„Na du? Wünschst du die Reiterei immer noch zum Teufel?"

„Ich? Wie kommst du denn darauf! Das mußt du geträumt haben! Gibt es auf der Welt etwas Schöneres als Pferde und Reiten?" Bille lachte.

München – Wien – Hollywood/Florida USA
Deckelbild Kajo Bierl
Illustration Werner Heymann
Redaktion Helga Wegener-Olbricht
ISBN 3 505 08393 3
Bestellnummer 8393

Ein weiterer Band ist in Vorbereitung

HABE ICH		WÜNSCHE ICH MIR
	Bille und Zottel (Band 11) Sensation in der Manege	
	Bille und Zottel (Band 12) Frühling, Freunde, freche Fohlen	
	Bille und Zottel Sammelband 1 Billes Erlebnisse mit ihrem geliebten Pony (enthält die Bände 1, 2 und 3)	
	Mit 13 hat man täglich Ärger (Band 1) Ein Mädchen sucht Freundschaft	
	Mit 14 glaubt man an die Freundschaft (Band 2) Beglückende Ferien in einer Reiterpension	
	Mit 15 wachsen einem Flügel (Band 3) Katja hat sich gemausert	
	Mit 16 tanzt man in das Leben (Band 4) Katja ist endlich am Ziel	
	Kleine Freundin Piri (Band 1) Christiane findet ein junges Kätzchen	
	Piri stellt alles auf den Kopf (Band 2) Viel Aufregung um eine Schmusekatze	
	Piri gewinnt alle Herzen (Band 3) Erlebnisse mit vier Katzenkindern	

Deine Wunschliste bitte hier ausschneiden.